Le Bel au Bois Dormant

et autres contes
où les princesses volent
au secours de leur prince

KARRIE FRANSMAN & JONATHAN PLACKETT

Le Bel au Bois Dormant

et autres contes où les princesses volent au secours de leur prince

Préface de Marie Darrieussecq

Traduit de l'anglais
par Marguerite Capelle
et Hélène Cohen

Stock

TITRE ORIGINAL :
Gender Swapped Fairy Tales

Illustrations de couverture : © Karrie Fransman
Maquette couverture : © Raphaëlle Faguer

ISBN : 978-2-234-09242-6
Publié en anglais par Faber & Faber Limited en 2020.

Pour Lyra

(l'autre chose que nous avons faite ensemble)

Sommaire

Préface

Qu'elle est belle, la force des filles, et qu'elle est belle, la fragilité des garçons… Pourtant, la violence ordinaire du monde interdit aux garçons de pleurer et aux filles d'explorer la nuit. Elle interdit aux filles d'arpenter les routes en conquérantes et aux garçons de ne pas être des garçons.

Mais les auteurs de ce fabuleux livre de contes ont créé un « univers parallèle » où ce sont les garçons, comme le Beau, qui vivent dans la joliesse et la soumission, et les filles, comme Jacqueline, qui cherchent l'aventure et la gloire au sommet des haricots magiques.

Quand on dit d'une fille qu'elle est douce et innocente, on ne la décrit pas : on lui donne des ordres. Et quand on dit d'un garçon qu'il est fort et courageux, on lui intime de l'être. C'est ce qu'on appelle le performatif, bien décrypté par Judith Butler. À force de répéter ces supposées descriptions, à force d'enfoncer le clou de ces stéréotypes, ils marquent au fer rouge l'imaginaire humain et forgent des sociétés entières. Ces sociétés sont toujours binaires, divisées entre hommes et femmes ; et dès qu'il y a du deux, il y a de la hiérarchie. L'anthropologue Françoise Héritier l'a bien démontré : la femme est universellement considérée comme deuxième ; même les sociétés dites « matriarcales » ne le sont pas.

Et en France, il suffit de regarder nos cartes de Sécurité sociale : le numéro des femmes commence par 2, celui des hommes par 1, comme une évidence. Symbolique ? Mais le symbolique, c'est la structure même de notre réalité.

Ce livre de contes renverse joyeusement la structure et souffle toute la vieille charpente. Le Roi ne supporte pas que Blanc-Flocon (et ses sept Naines) soit plus beau que lui en ce miroir. La Chatte bottée protège sa marquise. Le parrain fée de Cendron le tire d'affaire en lui donnant carrosse, cochère, femmes de pied et pantoufles de verre. Et de splendides illustrations nous donnent à voir ce monde nouveau : une princesse en armure se penche pour réveiller le Bel au bois dormant, alangui depuis cent ans et joliment débraillé dans son pyjama. Et le fait même de faire passer la fille en premier, en inversant le titre *Gretel et Hansel*, change déjà notre regard. Mon conte préféré est sans doute *Le Prince au petit pois* : en deux pages seulement, nos habitudes de pensée sont métamorphosées. La magie est toute simple : *il* au lieu de *elle*, *prince* au lieu de *princesse*, c'est sa peau à lui qui est si délicate qu'elle se couvre de bleus au moindre petit pois ; et nous voilà tourneboulés. L'effet est à la fois drôle, instructif, moral et dérangeant, exactement ce qu'on attend des contes.

Karrie Fransmann et Jonathan Plackett mentionnent certains effets de genre de la langue anglaise. Elle échappe pourtant au sort des langues latines, qui font disparaître le féminin dès qu'il y a du masculin dans la phrase. Ainsi, *le garçon et les dix millions de filles sont contents*, et pas *contentes*… L'accord en français se fait en genre, masculin toujours, et non pas en nombre ou en proximité, comme cela se pratiquait jusqu'au XVIIe siècle ; jusqu'à ce que l'Académie française édicte la règle que l'on enfonce dans la tête de nos enfants dès le cours préparatoire : « *Le masculin l'emporte sur le féminin.* » La traduction de ce recueil en français renforce ainsi l'effet qu'ont voulu les auteurs britanniques, au lieu, comme parfois, d'en perdre le sel.

À ma modeste mesure, j'ai tenté de déjouer les effets du monde binaire et hiérarchique. J'ai trois enfants, deux filles et un garçon. Soit deux filles et un fils. Notons que la langue française ne fait pas la différence entre « fille » engendrée et « fille » en genre, car avoir une fille ce n'est guère important, mais un fils, cela mérite d'être noté. Mes filles se déguisent en bandits et en pirates, mon fils saute à l'élastique et ne dédaigne pas le rose, mais j'ai un jour trouvé la plus jeune allongée sur le plancher, l'air inanimé. « Je joue », m'a-t-elle rassurée. « Mais à quoi joues-tu ? » « Je joue à la Belle au bois dormant. » Certes, il s'agissait moins d'attendre le prince que de procrastiner en repoussant le rangement de sa chambre… Mais la société pèse des kilos de quenouilles et de pommes empoisonnées.

Quand j'étais enceinte de ma première fille, mon fils avait trois ans ; il m'a dit que lui aussi, quand il serait grand, il voudrait un bébé dans son ventre. J'ai ri en l'informant qu'il n'aurait jamais de bébé dans son ventre. Il a éclaté en sanglots. Ma propre stupidité m'a consternée. Et j'ai eu beau tenter de rattraper le coup en lui expliquant qu'il pourrait avoir des enfants à la façon dont les hommes deviennent pères, il est resté longtemps inconsolable. Plus tard, devenue psychanalyste, j'ai souvent constaté ce chagrin chez mes patients hommes, mais je n'ai jamais, chez les femmes, constaté la fameuse « envie du pénis » imaginée par Freud. J'ai constaté, et c'est très différent, l'envie de la puissance, j'ai vu la colère et la frustration face à la domination masculine. Mais l'envie de l'utérus me semble bien plus répandue que l'envie du pénis. Selon Françoise Héritier, les hommes ont assujetti les femmes car elles possèdent le pouvoir absolu, non pas tant de produire la vie (ce qui est déjà un scandale) mais d'engendrer les deux sexes. Car il aurait été plus « logique » que les hommes donnent naissance aux garçons, et les femmes aux filles. Pas du tout. Du vagin, ouverture scandaleuse, sort toute l'humanité ; y compris tous les hommes, dont certains ont tendance à oublier qu'ils sont nés. Juste ça : nés. Tous les hommes sont sortis du ventre d'une femme, et tous les hommes ont été des bébés.

Surtout, il ne s'agit pas d'organes, mais de corps choisis, de corps rêvés, de corps imaginaires, car nous sommes tous des oiseaux, des chats, des sirènes et des licornes, et nous mutons en arbres dans les forêts.

Commençons par donner aux garçons la chance d'être féminins, et aux filles la chance d'être masculines. Laissons-leur cette liberté de trouver leur place malgré les injonctions de la langue. Transformons la langue. Transformons le monde. Proposons-leur de nouveaux récits. C'est exactement ce que ce recueil de contes, avec son simple algorithme, crée sous nos yeux enchantés.

Marie Darrieussecq

Le Beau et la Bête

Il était une fois, dans un pays fort lointain, une marchande qui avait été si heureuse dans ses entreprises qu'elle avait amassé une énorme fortune. Elle avait aussi beaucoup d'enfants, six filles et six garçons nés avec une petite cuillère d'argent dans la bouche, que ses richesses parvenaient tout juste à contenter.

Mais un jour, un revers de fortune vint troubler la douceur de leur vie. Le feu prit dans leur maison et il ne resta plus rien, ni des meubles magnifiques, ni des livres, ni des tableaux, ni de l'or, ni de l'argent, ni de tous les biens précieux qui la remplissaient. Et ce n'était que le début de leurs malheurs. La marchande, à qui tout avait toujours réussi, perdit en même temps les vaisseaux qu'elle avait sur la mer, soit par des naufrages, soit par des pirates, soit par le feu. Puis elle apprit que ses représentantes dans les pays étrangers, en qui elle avait une confiance aveugle, ne lui avaient pas été fidèles comme elle le croyait. Enfin, de la plus haute opulence, elle tomba tout à coup dans une affreuse pauvreté.

Il ne lui restait qu'une petite maison, située dans un lieu désert, éloignée de plus de cent lieues de la ville dans laquelle elle avait habité. Elle fut contrainte d'y trouver refuge avec ses enfants, que ce changement de vie affligeait grandement. Surtout ses fils, qui espéraient que leurs amis, si nombreux du temps de leur prospérité, les inviteraient à séjourner chez eux à présent qu'ils ne possédaient plus leur belle demeure. Mais ils découvrirent bientôt qu'ils étaient seuls au monde et que leurs anciens amis non seulement ne montraient aucun empressement à voler à leur secours, mais les tenaient en plus responsables de leurs malheurs. Aussi n'eurent-ils d'autre choix que de se réfugier dans leur petite maison de campagne, située au milieu d'une forêt emplie de ténèbres, qui avait tout l'air d'être l'endroit le plus lugubre de la Terre. Faute de domestiques, les garçons durent se résoudre à travailler de leurs mains, comme des paysans, et les filles labourèrent les champs pour gagner leur vie. Ne portant plus que des habits grossiers, menant une existence rudimentaire, les garçons regrettaient amèrement le luxe de leur vie d'antan. Cependant, le plus jeune d'entre eux tâchait de montrer plus de courage et de joie. Lui aussi avait déploré les infortunes de sa mère mais, retrouvant bien vite son heureux caractère, il faisait contre mauvaise fortune bon cœur : il divertissait sa mère et ses sœurs et invitait ses frères à chanter et à danser avec lui. Ses frères n'en firent rien et, parce qu'il n'était pas aussi triste qu'eux, ils dirent qu'il était fait pour cette vie de misère, alors qu'il les dépassait en charme et en intelligence. En vérité, sa beauté était telle qu'on le surnommait *Beau*. Deux années s'étaient déjà écoulées et tous commençaient à s'accoutumer à leur nouvelle vie, quand un événement vint troubler leur tranquillité. La mère apprit qu'un des vaisseaux qu'elle avait cru perdus venait d'arriver à bon port richement chargé. Ses enfants pensèrent que c'était la fin de leurs malheurs et voulurent regagner la ville sur le champ. Mais, prudente, leur mère les pria de faire preuve de

patience et, quoique ce fut la moisson et qu'on put difficilement se passer de sa présence, elle décida d'entreprendre seule le voyage pour se renseigner. Tous ses fils, excepté le cadet, s'imaginaient bientôt aussi riches qu'avant, ou du moins suffisamment riches pour vivre confortablement en ville où ils retrouveraient les loisirs et l'agréable compagnie qui leur avaient tant manqué. Ils n'eurent donc aucun scrupule à charger leur mère de leur apporter des costumes et des bijoux plus extravagants les uns que les autres. Seul Beau ne fit aucune demande, convaincu que cela ne servirait à rien. Ayant remarqué son silence, sa mère lui dit : « Et toi, Beau, n'as-tu pas envie de quelque chose ?

– Je désire seulement vous voir de retour en parfaite santé. »

Cette réponse vexa ses frères, qui croyaient qu'il leur reprochait d'avoir demandé de si luxueux présents. Sa mère fut agréablement surprise, mais comme elle pensait aussi que pareil désintérêt pour les cadeaux ne convenait pas à son âge, elle insista pour qu'il demandât quelque chose. « Eh bien ! ma chère mère, lui dit-il, puisque vous me l'ordonnez, je vous supplie de m'apporter une rose. J'aime cette fleur avec passion. Or, depuis que nous sommes venus ici, je n'en ai pas vu une seule. »

La marchande se mit en route et, le plus rapidement qu'elle pût, se rendit en ville pour y découvrir que ses anciennes associées, qui la croyaient morte, s'étaient emparées du vaisseau et avaient partagé les trésors qui s'y trouvaient. Après six mois de difficultés et de dépenses, elle était aussi pauvre qu'au départ, ayant à peine rassemblé de quoi payer les frais de son voyage. Pour couronner le tout, elle fut obligée de quitter la ville par un temps effroyable, de sorte que quand elle se vit à quelques lieues de sa maison, elle était pratiquement morte de froid et de fatigue. Elle savait qu'il lui fallait plusieurs heures pour traverser la forêt, mais elle était si impatiente de mettre un terme à ce voyage qu'elle voulut continuer sa route. Cependant la nuit la surprit, et la neige et le froid glacial ôtèrent ses dernières forces à son cheval. Il n'y avait pas une seule habitation en vue ; un arbre creusé par la pourriture fut son seul refuge. Elle se recroquevilla à l'intérieur du trou et y passa la nuit, qui lui parut interminable. De plus, malgré sa grande fatigue, les hurlements des loups la tinrent éveillée, et même quand le soleil enfin se leva, elle n'était pas au bout de ses peines car la neige avait tout recouvert. Dans quelle direction devait-elle aller ?

Elle trouva une espèce de route, si glissante qu'elle tomba fréquemment, mais sur laquelle elle finit par progresser plus aisément jusqu'à se retrouver dans une allée bordée d'arbres qui conduisait à un magnifique château. La marchande constata avec étonnement que la neige avait épargné cette allée, composée d'orangers chargés de fleurs et de fruits. Arrivée dans la première cour du château, elle aperçut devant elle un escalier d'agate dont elle gravit les marches, puis traversa plusieurs appartements somptueusement meublés. La chaleur douce qui régnait la remit de ses fatigues

et son estomac cria famine. Mais à qui devait-elle s'adresser pour qu'on lui offre de quoi se restaurer ? Ce vaste et splendide palais semblait inhabité. Un silence profond y régnait, et enfin, lasse de parcourir les salles et les galeries désertes, elle s'arrêta dans un salon plus petit, où l'on avait fait un grand feu à côté d'un sofa douillet. Croyant y voir quelque prévenance pour une invitée de marque, elle s'assit et l'attendit, mais un doux sommeil lui ferma bientôt les paupières.

Quand la faim l'arracha au sommeil quelques heures plus tard, elle était encore seule. Une petite table, sur laquelle se trouvait un repas appétissant, avait été servie à côté d'elle et, ayant le ventre vide depuis vingt-quatre heures, elle mangea sans tarder, tout en espérant qu'elle aurait l'opportunité de remercier son hôtesse qui l'avait si bien régalée. Mais personne ne vint et, après un autre long repos dont elle se réveilla revigorée, il n'y avait toujours aucun signe de vie, même si elle découvrit une collation composée de gâteaux et de fruits délicats qu'on avait disposée sur la petite table à portée de sa main. Le silence l'emplit de frayeur car elle était d'un naturel peureux, et elle décida de repasser dans les appartements, mais en vain. Elle ne croisa pas un seul domestique ; il n'y avait pas âme qui vive dans ce palais ! Alors qu'elle se demandait ce qu'elle devait faire, elle se plut à imaginer que toutes les richesses qu'elle voyait lui appartenaient et se demanda comment les répartir au mieux entre ses enfants. Elle descendit ensuite dans

le jardin où, malgré l'hiver qui régnait partout ailleurs, le soleil dardait ses rayons, les oiseaux chantaient, la nature s'épanouissait en fleurs, et on respirait un air doux et tempéré. La marchande, que ce spectacle émerveillait, pensait : « Tout ceci doit être mien. Je ferais mieux de partir sur le champ, nous reviendrons pour partager avec mes enfants toutes ces merveilles. »

En dépit du froid et de la fatigue qui l'accablaient à son arrivée, elle avait conduit sa jument vers une écurie et lui avait donné à manger. Elle pensait à présent le seller pour le voyage de retour et prit donc le chemin qui menait aux écuries, bordé de chaque côté de haies de roses. La marchande songea qu'elle n'avait jamais vu ni senti fleurs plus exquises. Elles lui rappelèrent la promesse qu'elle avait faite à Beau, de sorte qu'elle s'arrêta. Mais elle n'avait pas plus tôt cueilli une rose qu'elle entendit un bruit étrange derrière elle. Elle tourna la tête et aperçut une horrible bête qui paraissait enragée et lui dit d'une voix effroyable :

« Qui t'a donné la liberté de cueillir mes roses ? N'était-ce pas assez que je t'accueille dans mon palais avec tant de bonté ? Et voici comment tu me remercies, en volant mes fleurs ! Mais ton insolence ne restera pas impunie. » La marchande épouvantée jeta la rose fatale et, se prosternant, s'écria : « Ayez pitié de moi, Noble Dame ! Je vous suis si reconnaissante de votre générosité que je ne me suis pas imaginé un seul instant que je puisse vous offenser en cueillant cette rose insignifiante. » Mais la Bête redoubla de colère :

« Je n'ai que faire de tes excuses et de tes flatteries, aucune ne t'épargnera la mort que tu mérites. »

« Hélas, pensa la marchande, si mon fils Beau savait le grand danger que me fait courir sa rose ! »

En désespoir de cause, elle fit à la Bête le récit de ses malheurs et lui raconta le motif de son voyage, sans oublier de lui faire part de la promesse qu'elle avait faite à Beau.

« Les richesses d'une reine auraient à peine suffi pour combler les désirs de mes autres fils, dit-elle. Mais j'ai pensé que je pourrais au moins faire plaisir à Beau. Je vous demande pardon, car je ne pensais pas à mal. »

La Bête réfléchit un moment, puis répondit à la marchande d'un ton moins furieux : « Je te pardonne à une seule condition : que tu me donnes un de tes fils.

– Hélas ! s'écria la marchande. À supposer que je sois assez cruelle pour racheter ma vie aux dépens de celle de l'un de mes enfants, de quel prétexte me servirais-je pour le faire venir ici ?

– Pas besoin de prétexte, répondit la Bête. Je veux que celui de tes fils que tu conduiras vienne ici volontairement. Je ne l'accepterai qu'à cette condition. Vois si l'un d'entre eux est assez courageux et t'aime assez pour te sauver la vie. Tu m'as l'air d'une honnête femme : promets-moi de revenir dans un mois, si tu peux en décider un à te suivre, il restera dans ces lieux et tu retourneras chez toi. Si aucun de tes fils ne se porte volontaire, promets-moi de revenir seule après leur avoir dit adieu pour toujours, parce que tu seras à moi. Ne crois pas, poursuivit la Bête d'un air sombre, pouvoir te cacher, car si tu ne tiens pas ta promesse, je viendrai te chercher. »

La marchande, quoique persuadée de ne pouvoir convaincre aucun de ses fils de la suivre, accepta cette proposition. Elle promit de revenir au moment voulu et, pressée de prendre congé de la Bête, demanda la permission de se mettre en route sans plus attendre. La Bête lui répondit qu'elle ne partirait que le lendemain. « Tu trouveras une jument prête, lui dit-elle. Adieu, va souper, et attends mes ordres. »

La pauvre marchande, plus morte que vive, reprit le chemin du salon où le plus délicieux des soupers l'attendait sur la petite table, en face d'un grand feu. Bien trop terrifiée pour manger, elle goûta quand même tous les mets de crainte d'attiser la colère de la Bête en lui désobéissant. À la fin du repas, un grand bruit dans l'appartement voisin se fit entendre, elle ne douta pas que la Bête était de retour. Comme elle ne pouvait éviter sa présence, elle essaya de ne rien laisser paraître de sa frayeur. De sorte que quand la Bête parut et lui demanda brusquement si elle avait bien soupé, la marchande lui répondit d'un ton modeste qu'elle avait, grâce à la prévenance de son hôtesse, fort bien mangé. La Bête lui rappela alors sa promesse et lui ordonna de ne rien cacher à son fils de ce qui l'attendait.

« Ne te lève pas avant d'avoir vu le soleil et entendu une sonnette d'or, poursuivit-elle. Tu déjeuneras ici et la jument qui doit t'emmener sera prête dans la cour. Elle vous reconduira ici, toi et ton fils, dans un mois. Adieu. Emporte une rose pour Beau, et n'oublie pas ta promesse ! »

La marchande était bien trop heureuse de voir la Bête partir, et si le chagrin l'empêcha de dormir, elle n'en resta pas moins couchée jusqu'au lever du soleil. Son déjeuner fut rapide ; ensuite, elle alla cueillir une rose pour Beau et monta sur la jument, qui l'emporta à une allure si vive que la marchande perdit de vue le palais presque aussitôt. Elle ruminait encore ses pensées sombres quand la jument s'arrêta devant la porte de sa maison.

Ses filles et ses fils, que son absence prolongée avait plongés dans la plus vive inquiétude, s'empressèrent de lui demander des nouvelles de son voyage, lequel, à en juger par sa magnifique monture et le riche manteau qui l'enveloppait, s'annonçait favorable. Mais elle se contenta de dire d'une voix triste à Beau en lui tendant la rose : « Voilà ce que tu m'as demandé ; tu n'as pas idée de ce que ce présent nous coûte. »

Ces paroles attisèrent tant la curiosité de ses enfants qu'elle finit par leur révéler ses mésaventures, et tous en furent très affligés. Les garçons pleurèrent à chaudes larmes sur leurs espoirs anéantis, les filles déclarèrent que leur mère ne pouvait retourner dans cet effroyable château et formèrent le projet de tuer la Bête si elle osait venir la chercher. Leur mère leur rappela la promesse qu'elle lui avait faite. Les garçons retournèrent alors leur colère contre Beau, puisque tout était de sa faute – car rien de tout cela ne se serait produit s'il avait fait à leur mère une demande sensée –, et se plaignirent amèrement de devoir payer le prix de sa sottise.

Le pauvre Beau, au comble du chagrin, leur tint ce discours : « Si j'ai causé ce malheur, je vous assure que je l'ai fait innocemment. Qui aurait pu deviner que demander une rose au milieu de l'été entraînerait de si grandes souffrances ? Mais comme je suis responsable, il est juste que j'en paie le prix. J'irai donc avec ma mère afin qu'elle tienne parole. »

Au début, personne ne voulut entendre parler de cet arrangement, et sa mère et ses sœurs, qui l'aimaient tendrement, dirent que pour rien au monde elles ne le laisseraient partir ; mais Beau avait pris sa décision. À l'approche du départ, il partagea entre ses frères ses menues possessions, dit adieu à tout ce qu'il aimait, et quand le jour fatidique arriva, encouragea sa mère tandis qu'ils montaient sur la jument qui l'avait ramenée chez elle. Celle-ci paraissait davantage voler que galoper, mais son allure était si douce que Beau n'en fut pas effrayé. En fait, il aurait pris plaisir à ce voyage s'il n'avait craint le sort qui l'attendait à son arrivée. Sa mère essaya encore de le convaincre de faire demi-tour, mais il refusa. Alors qu'ils s'entretenaient ainsi, la nuit tomba, mais, à leur grande surprise, de magnifiques lumières colorées fusèrent de toutes parts, et le plus beau feu d'artifice éclata en gerbes de feu devant eux. Tant de clarté éclaira la forêt tout entière et répandit dans l'air une douce chaleur qui réchauffa le froid mordant. Quand ils gagnèrent l'allée des orangers, le feu d'artifice cessa et la lumière fut remplacée par des statues qui tenaient dans leurs mains des flambeaux allumés. En s'approchant du palais, ils virent qu'il était illuminé sur toute la façade, et ils furent accueillis dans la cour par une harmonie chantante. « Il faut, dit Beau en tâchant de rire, que la Bête soit bien affamée pour faire une telle réjouissance à l'arrivée de sa proie. »

Cependant, malgré l'émotion, il ne put s'empêcher d'admirer les magnificences qui s'offraient à son regard.

Le cheval s'arrêta au bas du perron. Quand ils mirent pied à terre, sa mère le conduisit dans le petit salon où elle avait séjourné.

Ils y trouvèrent un splendide feu et une table généreusement garnie d'un délicieux souper.

La marchande savait que ce repas leur était destiné, et Beau, qui avait bien moins peur après avoir parcouru tous ces appartements sans y croiser la Bête, mangea sans difficulté car son long voyage lui avait creusé l'appétit. Mais sitôt leur repas terminé, un bruit de pas annonça l'arrivée de la Bête. La terreur s'empara de Beau et il s'accrocha à sa mère, mais en la voyant tout aussi apeurée, sa frayeur redoubla. Il frémissait encore quand la Bête apparut, toutefois il tâcha de dissimuler son épouvante et la salua respectueusement.

Cette démarche plut à la Bête. Après l'avoir observé, elle s'adressa à eux d'un ton qui aurait fait fuir les plus hardis : « Bonsoir, bonne femme, bonsoir, Beau. »

La marchande avait bien trop peur pour répondre, mais Beau, d'une voix douce, lui dit : « Bonsoir, la Bête.

– Venez-vous ici volontairement, reprit la Bête, et consentez-vous à laisser partir votre mère sans la suivre ? »

Beau, sans perdre son courage, lui répondit qu'il était prêt à rester.

« Votre réponse me satisfait, dit la Bête, et puisque vous êtes venu de votre plein gré, vous resterez avec moi. Quant à toi, bonne femme, dit-elle à la marchande, tu partiras demain au lever du soleil, la sonnette t'avertira ; ne tarde pas après ton déjeuner, la même jument te reconduira chez toi. Mais, ajouta-t-elle, souviens-toi que mon palais t'est interdit pour toujours. »

La Bête s'adressa ensuite à Beau : « Accompagnez votre mère dans la pièce voisine et aidez-la à choisir tout ce que vous croirez pouvoir faire plaisir à vos sœurs et à vos frères. Vous trouverez deux malles, emplissez-les. Il est juste que vous leur envoyiez un présent d'un assez grand prix en guise de souvenir. »

Alors la Bête les quitta après leur avoir dit : « Bonsoir, Beau, bonsoir, bonne femme. » Aussi désespéré que fût Beau à l'idée de voir partir sa mère, il avait trop peur de désobéir à la Bête. Ils entrèrent donc dans la pièce voisine, dont les murs étaient recouverts d'armoires et d'étagères. Ils furent surpris par les richesses qui s'y trouvaient. La pièce était pleine d'habits dignes d'un roi, avec toutes les parures assorties ; et quand Beau ouvrit les armoires, ses yeux purent à peine supporter l'éclat des pierres précieuses qui surchargeaient les étagères. Beau en prit une quantité généreuse qu'il divisa entre ses frères – car il avait fait une pile de splendides vêtements pour chacun d'eux. Il ouvrit la dernière armoire, laquelle était remplie d'or.

« Je pense, dit-il à sa mère, que ces pièces vous seront plus utiles. Nous ferions mieux de vider ces malles pour faire place à l'or. » Ce qu'ils firent, mais il semblait qu'ils ne pouvaient jamais remplir les deux malles. Ils remirent les vêtements et les pierres précieuses qu'ils avaient ôtés, et Beau ajouta une pleine brassée de pierres précieuses. Même là, les malles n'étaient pas remplies, elles étaient si lourdes qu'un éléphant eût succombé sous leur poids !

« La Bête s'est moquée de nous, gémit la marchande, elle a feint de nous donner des biens qu'il m'est impossible d'emporter.

– Attendons de voir, répondit Beau. Je ne peux croire qu'elle cherche à nous duper. Fermons les malles et laissons-les ici. »

Ils retournèrent donc dans le petit salon, où ils virent avec étonnement que leur déjeuner avait été servi. La marchande mangea de fort bon appétit, car la générosité de la Bête lui avait donné l'espoir qu'elle pourrait bientôt rendre visite à Beau. Mais Beau était, lui, certain que sa mère le quittait à jamais, il fut donc très triste quand un second coup de sonnette les avertit qu'il était temps de se séparer. Ils descendirent dans la cour, où deux chevaux attendaient, l'un chargé des deux malles, l'autre destiné à la marchande. Impatients de prendre la route, ils grattaient nerveusement le sol du pied, aussi la marchande fut-elle contrainte de hâter les adieux. Aussitôt qu'elle enfourcha sa monture, elle partit à une telle vitesse que Beau la perdit de vue en moins de temps qu'il n'en faut pour le dire. Il éclata en sanglots et remonta à contrecœur dans la chambre qui lui était réservée. Une grande fatigue s'empara de lui, et comme il n'avait rien de mieux à faire, il se coucha et s'endormit tout de suite. Pendant son sommeil, il rêva qu'il était au bord d'un canal bordé d'arbres et pleurait sur son funeste destin, quand une jeune princesse – il n'en avait jamais vu de si belle – s'approcha de lui et dit d'une voix qui lui alla droit au cœur : « Ah, Beau ! ne crois pas être aussi malheureux que tu le penses. Tu seras ici récompensé pour toutes les souffrances que tu as endurées partout ailleurs. Tous tes vœux seront exaucés. Il te suffit de découvrir qui je suis, sous les apparences qui me déguisent. Je t'aime tendrement et tu peux faire mon bonheur en faisant le tien. Si ta sincérité égale ta beauté, nous serons parfaitement heureux.

– Que puis-je faire, Princesse, pour faire votre bonheur ? demanda Beau.

– Tu dois être reconnaissant, répondit-elle, et ne pas te fier seulement à tes yeux. Surtout, ne m'abandonne pas avant de m'avoir arrachée à mon sort cruel. »

Après ceci, Beau se découvrit dans un cabinet en présence d'un noble et élégant gentilhomme qui lui dit : « Charmant Beau, ne regrette pas ce que tu as abandonné, un destin plus favorable t'attend. Seulement garde-toi de te laisser tromper par les apparences. »

Beau trouva ses songes si intéressants qu'il désira prolonger son sommeil, mais la pendule sonna douze fois en répétant son nom avec douceur, alors il se leva et vit une coiffeuse garnie de tout ce qu'il pouvait désirer, et une fois sa toilette terminée, il trouva son dîner servi dans la pièce voisine. Mais un dîner est vite pris quand on mange seul, et bientôt il s'installa confortablement dans un sofa et se mit à penser à la belle Princesse qu'il avait vue en rêve.

« Elle m'a dit que je pouvais faire son bonheur, songea Beau. Se pourrait-il que l'horrible Bête la retienne prisonnière ? Comment puis-je la libérer ? On m'a répété de ne pas me laisser

tromper par les apparences. Je n'y comprends rien. Mais il ne s'agit que d'un rêve, après tout, pourquoi me tracasser à ce sujet ? Je ferais mieux de chercher quelque amusement pour m'occuper. »

Il entreprit donc d'explorer les nombreux appartements du palais.

Le premier dans lequel il pénétra était tapissé de miroirs et Beau, qui s'y voyait de toutes parts, songea qu'il n'avait jamais vu de plus charmant décor. Un bracelet qui pendait à un chandelier retint son regard. En le décrochant, il découvrit avec étonnement qu'il contenait un portrait de sa mystérieuse admiratrice, telle qu'il l'avait vue en songe. Avec une joie empressée, il mit ce bracelet à son bras et entra dans une galerie remplie de peintures où il trouva un portrait de la belle Princesse, grandeur nature et exécuté avec tant de délicatesse qu'elle semblait lui sourire gracieusement. Il le regarda un long moment puis s'en éloigna à contrecœur. Il traversa une salle remplie de tous les instruments imaginables : là il s'amusa à en essayer quelques-uns et à chanter jusqu'à ce qu'il ressente les effets de la fatigue. La pièce suivante était une bibliothèque. Il vit tout ce qu'il avait toujours voulu lire, ainsi que tout ce qu'il avait déjà lu, et il lui sembla qu'une vie entière ne suffirait pas pour déchiffrer ne serait-ce que les titres des ouvrages, tant il y en avait. À l'approche de la nuit, d'un bout à l'autre du palais, les bougies s'allumèrent comme par magie dans leurs candélabres de diamants et de rubis.

Beau trouva son souper servi à l'heure qui lui plaisait le plus, toutefois, il ne vit personne ni n'entendit de bruit, et, bien que

sa mère l'ait prévenu qu'il serait seul, cette solitude commença à lui peser.

C'est alors qu'il entendit la Bête arriver. Il se demanda en tremblant si son heure était venue.

Mais comme elle ne paraissait pas furieuse et dit seulement d'un ton bourru : « Bonsoir, Beau », il lui répondit avec entrain et réussit à ne rien laisser paraître de sa terreur. Quand la Bête lui demanda s'il s'était amusé, il lui raconta tous les appartements qu'il avait visités.

La Bête demanda à Beau s'il croyait pouvoir être heureux en son palais ; à quoi Beau répondit qu'il était rempli de tant de belles choses qu'il serait difficile à contenter s'il ne vivait pas heureux en un si beau lieu. Après une heure de conversation, Beau songea que la Bête était moins effroyable qu'il ne l'avait d'abord cru. Elle s'apprêtait à prendre congé de lui quand elle lui demanda de sa voix rocailleuse : « M'aimez-vous, Beau ? Accepteriez-vous de m'épouser ?

– Oh ! Que dois-je répondre ? s'écria Beau, car il redoutait de mettre la Bête en colère en se refusant à elle.

– Parlez sans crainte, dites simplement "oui" ou "non".

– Oh ! non, la Bête, se hâta de répondre Beau.

– Dans ce cas, bonne nuit, Beau.

– Bonne nuit, la Bête », répondit-il, heureux de voir que son refus ne l'avait pas offensée. Puis il alla se coucher et s'endormit bien vite. Il rêva de sa Princesse inconnue. Cette dernière lui dit : « Ah, Beau ! Pourquoi êtes-vous si cruel ? Je crains d'être longtemps malheureuse. »

Ses rêves changèrent alors d'objet, mais ils lui faisaient toujours voir la charmante Princesse ; et le matin venu il chercha le portrait pour s'assurer que c'était bien elle et la reconnut avec certitude.

Ce matin-là, il descendit dans le jardin car le temps était beau et les jets d'eau jaillissaient des fontaines. Mais il fut surpris de reconnaître les lieux, et se trouva bientôt le long du canal bordé de myrtes où il avait rencontré pour la première fois la Princesse dans son rêve. Il crut y voir la confirmation qu'elle était prisonnière de la Bête. Il fut bientôt fatigué et rentra au palais où il découvrit une nouvelle salle remplie d'étoffes pour réaliser toutes sortes d'ouvrages – rubans à nouer et soie pour confectionner des fleurs. Dans une autre galerie, il y avait une volière remplie d'oiseaux rares et domestiqués qui vinrent se poser sur sa tête et ses épaules.

« Adorables créatures, dit-il, quel dommage que vous ne soyez pas plus près de mon appartement pour que j'aie plaisir à vous entendre ! » En disant ces mots, il ouvrit une porte et vit avec ravissement qu'il se trouvait dans sa chambre, qu'il croyait à l'autre bout du palais.

Il y avait d'autres oiseaux dans une salle plus loin, des perroquets et des cacatoès qui savaient parler, et tous accueillirent Beau par son nom. Il les trouva si divertissants qu'il en prit un ou deux pour sa chambre, et ils lui firent la conversation pendant qu'il prenait son souper. Ensuite, la Bête vint le voir, comme d'ordinaire, et après les mêmes questions, elle prit congé de Beau en lui souhaitant

« Bonne nuit » d'un ton bourru, puis Beau alla se coucher pour rêver à sa mystérieuse Princesse. Les jours passèrent ainsi sans qu'il s'ennuyât, et au bout de quelque temps Beau trouva une autre chose singulière entre les murs du palais, qui parvenait souvent à le distraire quand la solitude lui pesait trop. Il y avait un salon auquel il n'avait pas particulièrement prêté attention ; il était vide, à l'exception de chaises confortables placées sous chaque fenêtre. La première fois qu'il avait regardé par une de ces fenêtres, il lui avait semblé qu'un rideau noir l'empêchait de voir à l'extérieur. Mais la deuxième fois qu'il se rendit dans le salon, il se sentit fatigué et s'assit sur une des chaises, quand le rideau se leva et la plus amusante des pantomimes fut jouée devant lui ; il y eut des danses, des lumières de toutes les couleurs, de la musique et de jolis costumes, tant de gaieté que Beau était aux anges. Ensuite, il essaya les sept autres fenêtres, et chacune lui offrit un spectacle étonnant, de sorte qu'il ne se sentit plus jamais seul. Tous les soirs après le souper, la Bête lui rendait visite, et avant de lui souhaiter une bonne nuit lui demandait toujours de sa voix terrible : « Beau, accepteriez-vous de m'épouser ? »

À présent, Beau avait l'impression de mieux la connaître, et lorsqu'il lui répondait : « Non, la Bête », il lui semblait qu'elle se retirait avec une grande tristesse. Mais ses rêves joyeux de la jeune et belle Princesse lui faisaient vite oublier la Bête : la seule chose qui le perturbait était qu'on lui répétait sans cesse de ne pas se laisser tromper par les apparences, de se fier davantage à son cœur qu'à ses yeux pour le guider et d'autres choses qui le laissaient pareillement perplexe.

Les choses continuèrent ainsi pendant longtemps, jusqu'à ce que Beau commence à se languir de sa mère, de ses sœurs et frères, et un soir, en le voyant si chagriné, la Bête lui demanda ce qui n'allait pas. Beau n'était plus effrayé par la Bête. Il savait qu'elle était plus délicate que son aspect féroce et sa voix monstrueuse ne le laissaient supposer. Il répondit donc que son foyer lui manquait. À ces mots, la Bête laissa échapper un gémissement de douleur.

« Quoi ! Beau, vous voulez abandonner une malheureuse Bête ! Que vous manque-t-il pour être heureux ? Est-ce parce que vous me détestez que vous voulez vous enfuir ?

– Non, ma chère Bête, lui répondit Beau avec douceur, je ne vous hais pas et je serais fâché de ne plus vous revoir, mais ma mère me manque. Permettez-moi de m'absenter pendant deux mois et je vous promets de revenir pour passer le reste de ma vie avec vous. »

La Bête, qui avait poussé de douloureux soupirs pendant le discours de Beau, répondit : « Je ne puis rien vous refuser, mais il m'en coûtera peut-être la vie. Emportez les quatre caisses que vous trouverez dans le cabinet voisin de votre chambre. Remplissez-les de tout ce que vous aimeriez emporter avec vous. Mais n'oubliez pas votre promesse et revenez au bout de deux mois ou vous vous en repentirez, car si vous manquez à votre parole, vous trouverez votre pauvre Bête morte.

Vous n'aurez pas besoin d'équipage pour votre retour. Faites seulement vos adieux à vos sœurs et à vos frères le soir avant votre départ et quand vous serez au lit, tournez cette bague à votre doigt en disant d'un ton ferme : "Je veux retourner en mon palais et revoir ma Bête." Bonne nuit, Beau, n'ayez crainte, dormez sur vos deux oreilles et vous reverrez bientôt votre mère. »

Dès que Beau se vit seul, il se dépêcha de ranger dans les caisses toutes les choses rares et précieuses qu'il voyait autour de lui et elles furent seulement pleines quand il fut las de les remplir.

Ensuite il se mit au lit, mais l'excitation le tint éveillé. Quand le sommeil le gagna enfin, il rêva de l'aimable Princesse qu'il vit étendue sur un lit de gazon, triste et abattue au point qu'elle n'était plus elle-même.

« Que se passe-t-il ? » demanda-t-il d'une voix éplorée.

Elle lui lança un regard plein de reproches et répondit : « Faut-il être bien cruel pour me poser la question ? Ne partez-vous pas ? Et ce départ ne signe-t-il pas mon arrêt de mort ?

– Ah ! Ne soyez pas si triste ! s'écria Beau. Je veux uniquement rassurer ma mère sur le fait que je suis heureux et en vie. J'ai donné ma parole à la Bête de revenir et elle mourra de chagrin si je manque à ma promesse !

– En quoi cela vous importe-t-il ? Vous vous en moquez bien, n'est-ce pas ? demanda la Princesse.

– Je serais bien ingrat si je me souciais si peu de cette Bête qui s'est montrée si bonne envers moi ! s'indigna Beau. Je donnerais ma vie pour lui épargner d'inutiles souffrances. Elle ne doit pas être punie d'une difformité dont elle n'est pas coupable. »

Un son étrange le tira du sommeil – quelqu'un parlait non loin de là. Il ouvrit les yeux et se vit dans une chambre qu'il ne connaissait pas et qui n'était pas aussi superbe que les appartements du palais de la Bête. En quel lieu était-il ? Il se leva, s'habilla en hâte et découvrit les caisses qu'il avait préparées la veille. Pendant qu'il se demandait par quelle puissance magique la Bête les avait transportées dans cet étrange endroit, il entendit la voix de sa mère, et alla aussitôt se jeter à son cou. Tout étonnés de le voir car ils l'avaient cru perdu à jamais, ses sœurs et frères le pressèrent de questions. Beau écouta également le récit de ce qui leur était arrivé depuis son départ, et sa mère lui raconta son voyage de retour. Mais quand Beau leur annonça qu'il restait parmi eux pour un temps limité et qu'il devait retourner au palais de la Bête pour y vivre éternellement, tous se lamentèrent. Beau fit part à sa mère de ses étranges rêves, lui demanda comment les interpréter et pour quelle raison la Princesse l'exhortait sans cesse à ne pas se laisser tromper par les apparences. Après avoir longuement réfléchi, sa mère lui répondit : « Tu m'as dit qu'aussi effrayante que soit la Bête, elle ne t'en aime pas moins tendrement et mérite en retour ton amour et ta gratitude. Je crois que la Princesse essaie de te faire comprendre que tu dois la récompenser en répondant favorablement à ses vœux, malgré sa laideur. »

Beau voyait bien que cela était fort plausible ; pourtant, quand il pensait à sa chère Princesse qui était si belle, l'idée de prendre la Bête pour épouse lui faisait horreur. Fort heureusement, les deux mois lui laissèrent un peu de répit dans ses réflexions et il put profiter de la compagnie de ses frères. Mais s'ils étaient riches et vivaient à présent en ville où, grâce à leur fortune, ils s'étaient

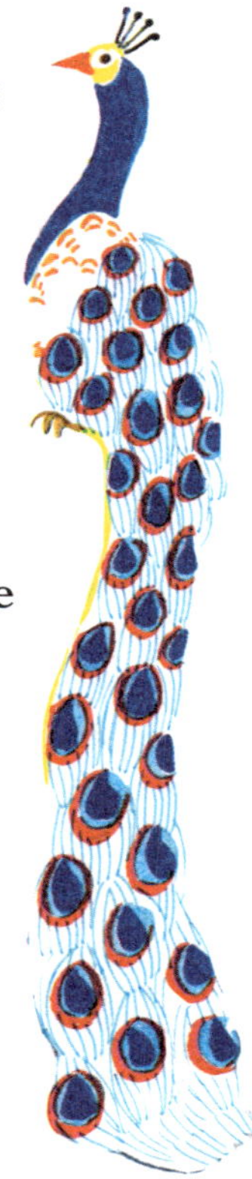

fait de nouveaux amis, Beau découvrit qu'aucun amusement ne le comblait réellement. Il pensait souvent au palais où il avait été si heureux et où il avait le loisir de rêver à sa charmante Princesse, sans laquelle il se sentait accablé de chagrin.

Ses frères s'étaient visiblement habitués à vivre sans lui, et paraissaient même le trouver de trop, de sorte qu'il ne fut pas triste quand les deux mois se furent écoulés, si ce n'est pour sa mère et ses sœurs qui ne pouvaient consentir à son départ et semblaient si affligées qu'il n'avait pas le courage de leur faire ses adieux. Tous les matins à son réveil, il se jurait de quitter sa famille le soir même, sans avoir la force de prendre congé à la tombée de la nuit, jusqu'à ce qu'un rêve effrayant l'aide à prendre sa décision. Il crut se trouver dans une allée isolée des jardins du palais où il entendait des gémissements qui semblaient provenir de broussailles dissimulant l'entrée d'une caverne et, courant pour en avoir le cœur net, il découvrit la Bête gisant sur le flanc qui lui reprochait d'être la cause de sa détresse. Au même moment, l'élégant gentilhomme apparut de nouveau et lui tint ce discours d'une voix sévère : « Ah ! Beau, venez sans attendre lui sauver la vie. Voyez ce qui se passe quand on manque à sa parole ! Un jour de plus et soyez sûr que vous trouverez la Bête morte. »

Beau, effrayé par ce rêve, annonça son départ dès le lendemain matin, et le soir même il fit ses adieux à sa mère, à ses sœurs et frères, se mit au lit, tourna sa bague et dit avec résolution : « Je veux retourner en mon palais et revoir ma Bête. »

Il s'endormit et ne se réveilla qu'en entendant la pendule répéter : « Beau, Beau » douze fois de sa voix chantante. À ce signal, il sut immédiatement qu'il était de retour au palais. Rien n'avait changé et ses oiseaux lui firent fête ! Mais cette journée parut à Beau plus longue que toutes celles qu'il avait passées au palais et son impatience de recevoir la visite de la Bête était telle qu'il lui sembla que l'heure du souper n'arrivait jamais.

Quand cette heure arriva enfin sans que la Bête vînt, il s'en alarma et, après avoir guetté le bruit de ses pas un long moment, il partit à sa recherche dans les jardins du palais. Le malheureux parcourut en tous sens les allées et les avenues en appelant la Bête, sans trouver signe de sa présence. Accablé de fatigue, il s'arrêta pendant une minute et s'aperçut qu'il était face au chemin broussailleux de son rêve. Beau se précipita et, sans surprise, y trouva la caverne dans laquelle il vit la Bête étendue par terre, comme si elle dormait. Fort content de l'avoir retrouvée, il se précipita vers elle et lui caressa la tête mais, à son grand désarroi, la Bête ne bougea ni n'ouvrit les yeux.

« Oh ! Elle est morte par ma faute », gémit Beau.

Mais en la regardant plus attentivement, il vit qu'elle respirait encore. Alors il courut à la fontaine la plus proche où il puisa de l'eau dont il lui aspergea le visage, et elle reprit connaissance pour son plus grand bonheur.

« Que vous m'avez causé d'inquiétude ! s'écria-t-il. J'ignorais à quel point je vous aimais jusqu'à cet instant, car j'ai eu peur d'être arrivé trop tard pour vous sauver !

– Êtes-vous sûr d'aimer une créature si laide ? murmura la Bête. Ah, Beau ! Il s'en est fallu de peu. Je pensais que vous aviez oublié la promesse que vous m'aviez faite. Allez vous reposer, je viendrai vous voir bientôt. »

Beau, qui s'était attendu à être grondé, fut rassuré par la douceur de sa voix et s'en retourna au palais où l'attendait son souper. La Bête lui rendit visite comme à son habitude. Elle lui demanda comment avait été son séjour chez sa mère, s'il s'était bien diverti et si sa famille avait été heureuse de le revoir.

À toutes ces questions, Beau répondit gracieusement et se plut à tout lui raconter. Quand vint le moment de prendre congé, et que la Bête lui demanda doucement : « Beau, accepteriez-vous de m'épouser ? », il répondit : « Oui, ma très chère Bête. »

À peine eut-il prononcé ces paroles qu'une gerbe de feu illumina les fenêtres du palais ; une décharge d'artillerie se fit entendre, des feux d'artifice éclatèrent de toutes parts et, au-dessus de l'allée d'orangers, il lut en lettres scintillantes : « Vive la Princesse et son époux. »

Se tournant pour demander des explications, Beau vit à la place de la Bête sa Princesse bien-aimée ! Au même moment il entendit les roues d'un char sur la terrasse, et deux gentilshommes entrèrent dans le salon. Beau reconnut en l'un d'eux celui qu'il avait vu dans ses songes ; l'autre avait l'air si majestueux que Beau ne savait lequel saluer en premier.

Mais celui qu'il connaissait déjà dit à son compagnon : « Eh bien, mon Roi, voici Beau, qui a eu le courage de délivrer votre fille d'un épouvantable enchantement. Ils s'aiment et il ne manque à présent à leur parfait bonheur que votre consentement à leur union.

– J'y consens de tout mon être ! s'exclama le Roi. Je ne pourrai jamais vous remercier assez, charmant jeune homme, car grâce à vous, ma fille a repris sa forme naturelle. »

Il embrassa alors tendrement Beau et la Princesse, à qui le Fée avait présenté ses vœux de bonheur.

« À présent, dit le Fée à Beau, j'imagine qu'il vous plairait que votre famille soit présente et danse à la noce ? »

Alors le Fée exauça son souhait. Le mariage fut célébré dès le lendemain avec plus de faste qu'on n'en avait jamais vu, et la Princesse et Beau vécurent heureux jusqu'à la fin de leurs jours.

Cendron ou la petite pantoufle de verre

Il était une fois une noble dame qui épousa en secondes noces un homme, le plus hautain et le plus fier qu'on eût jamais vu. Il avait d'une épouse précédente deux garçons de son humeur, et qui lui ressemblaient en toutes choses. La dame elle-même avait un jeune fils d'un autre mari, mais d'une douceur et d'une bonté sans pareilles ; il tenait cela de son père, qui était la meilleure personne du monde.

Les noces ne furent pas plus tôt faites que le beau-père commença à se montrer sous son véritable jour. Il supportait mal toutes les bonnes qualités de ce joli garçon, d'autant qu'elles rendaient ses fils encore plus haïssables. Il le chargea des plus viles occupations de la maison : c'était lui qui récurait la vaisselle et les tables, astiquait la chambre de Monsieur, et celles de Mesdemoiseaux ses fils ; il couchait dans une pauvre mansarde, sur une misérable paillasse, pendant que ses frères avaient de belles chambres, avec du parquet, des lits à la dernière mode et des miroirs si grands qu'ils pouvaient s'y admirer de pied en cap.

Le pauvre garçon supportait tout avec patience et n'osait s'en plaindre à sa mère, qui l'aurait houspillé, car son mari la gouvernait entièrement. Ses corvées terminées, il allait se mettre au coin de la cheminée et s'asseyait dans les cendres, ce qui faisait qu'on l'appelait communément dans le logis *Culcendron*. Le cadet, qui n'était pas si grossier et malpoli que son aîné, l'appelait *Cendron* ; cependant Cendron, en dépit de ses vilains habits, était cent fois plus beau que ses frères, bien que ces derniers soient toujours magnifiquement vêtus.

Il arriva que la fille de la Reine donna un bal et y convia toutes les personnes de qualité. Nos deux jeunes damoiseaux étaient également invités, du fait de leur haut rang. Les voilà bien aises et bien occupés à choisir les habits, culottes et coiffures qui leur siéraient le mieux. Nouvelle peine pour Cendron, car c'était lui qui repassait le linge de ses frères et amidonnait leurs manchettes. Toute la journée, on ne parla que de la manière dont on s'habillerait.

« Moi, dit l'aîné, je mettrai mon habit de velours rouge avec garniture d'Angleterre.

– Et moi, dit le cadet, je n'aurai que ma culotte habituelle ; mais pour compenser, je mettrai mon manteau à fleurs d'or et mon plastron en diamants, qui est tout sauf ordinaire. »

On envoya quérir le meilleur modiste pour arranger leurs parures et ajuster leurs foulards, et on fit acheter du rouge ainsi que des mouches chez Monsieur de la Poche.

Ils appelèrent également Cendron pour lui demander son avis sur toutes ces questions, car il avait fort bon goût. Il les conseilla le mieux du monde, comme toujours, et offrit même de les coiffer, ce qu'ils acceptèrent bien volontiers. Ce faisant, ils lui dirent :

« Cendron, te plairait-il d'aller au bal ?

– Hélas, répondit-il, vous vous moquez de moi, cela n'est pas pour moi.

– Tu as raison, on rirait bien de voir un Culcendron aller au bal. »

Un autre que Cendron les aurait coiffés de travers, mais il était bon et les arrangea à merveille. Ils n'avalèrent rien pendant près de deux jours, tant ils étaient transportés de joie. On rompit plus de douze lacets à force de les serrer pour leur rendre la taille plus menue, et ils ne quittaient jamais leur miroir. Enfin l'heureux jour arriva, ils partirent pour la Cour, et Cendron les suivit des yeux le plus longtemps qu'il put. Lorsqu'il ne les vit plus, il se mit à pleurer.

Son Parrain, en le voyant tout en larmes, lui demanda ce qu'il avait.

« Je voudrais bien… je voudrais bien… » Il sanglotait si fort qu'il ne put achever. Son Parrain, qui était fée, lui dit : « Tu voudrais bien aller au bal, n'est-ce pas ?

– Oh… oh oui ! s'écria Cendron en poussant un grand soupir.

– Eh bien, répondit son Parrain, sois un bon garçon, et je ferai en sorte que tu puisses y aller. » Il le mena dans sa chambre et lui dit : « Va dans le jardin et rapporte-moi une citrouille. »

Cendron alla aussitôt cueillir la plus belle qu'il put trouver et la porta à son Parrain, tout en se demandant comment cette citrouille pourrait bien l'aider à aller au bal. Son Parrain la creusa, puis, n'ayant laissé que l'écorce, la frappa de sa baguette, et la citrouille fut aussitôt changée en un beau carrosse tout doré.

Ensuite il alla regarder dans sa souricière, où il trouva six souris, toutes vivantes. Il ordonna à Cendron de lever un peu la trappe de la souricière, et à chaque souris qui sortait, il lui donnait un coup de baguette : aussitôt la souris était changée en un beau cheval ; ce qui fit un bel attelage de six chevaux, d'un beau gris de souris pommelé. Comme il lui manquait une cochère : « Je vais voir, dit Cendron, s'il n'y a point quelque rate dans la ratière, nous en ferons une cochère.

– Tu as raison, dit son Parrain, va voir. »

Cendron lui apporta la ratière, où il y avait trois grosses rates. Le Fée prit celle des trois qui avait la plus longue fourrure et, l'ayant touchée de sa baguette, la rate fut changée en une grosse cochère, avec la plus belle moustache qu'on eût jamais vue. Ensuite il dit à Cendron :

« Va dans le jardin, tu y trouveras six lézardes derrière l'arrosoir, apporte-les-moi. » Il ne les eut pas plus tôt apportées que le Parrain les changea en six écuyères, qui grimpèrent aussitôt derrière le carrosse avec leurs habits chamarrés d'or et d'argent, et s'y cramponnèrent comme si elles avaient fait ça toute leur vie. Le Fée dit alors à Cendron :

« Eh bien ! Voilà un bel équipage pour aller au bal, te plaît-il ?

– Oh, oui ! s'exclama-t-il, mais est-ce que j'irai comme cela, avec mes vilains habits ? »

Son Parrain lui donna un simple coup de baguette, et en un instant ses habits furent changés en vêtements de drap d'or et d'argent tout chamarrés de pierreries. Il lui offrit ensuite une paire de pantoufles de verre, les plus jolies du monde. Ainsi paré, Cendron monta dans le carrosse ; mais son Parrain lui recommanda par-dessus tout de ne pas passer minuit, l'avertissant que s'il demeurait au bal un instant de plus, son carrosse redeviendrait citrouille, ses chevaux des souris, ses écuyères des lézardes, tandis que ses vieux habits reprendraient leur forme première.

Il promit à son Parrain qu'il ne manquerait pas de quitter le bal avant minuit, et le voici parti, ne se sentant plus de joie. La fille de la Reine, apprenant la venue d'un grand Prince qu'on ne connaissait point, courut le recevoir. Elle lui donna la main à la descente du carrosse et le mena dans la salle où se trouvait la compagnie. Il se fit alors un grand silence ; on cessa de danser et les violons ne jouèrent plus, tant chacun était attentif à contempler la grande beauté de cet inconnu. On n'entendait qu'un bruit confus :

« Ah, qu'il est beau ! »

La Reine elle-même, toute vieille qu'elle était, ne put s'empêcher de le regarder et de dire tout bas au Roi qu'il y avait longtemps qu'elle n'avait vu une si belle et si aimable personne.

Tous les gentilshommes étaient occupés à étudier sa coiffure et ses habits, pour en commander de semblables dès le lendemain, pourvu qu'on puisse trouver des étoffes aussi belles et des artisans aussi habiles.

La fille de la Reine le conduisit à la place d'honneur, puis l'emmena danser. Il valsait avec tant de grâce qu'on l'admira encore davantage. On apporta une fort belle collation, dont la jeune

Princesse ne mangea pas une seule bouchée, tant elle était occupée à l'admirer.

Il alla s'asseoir auprès de ses frères et leur fit mille amabilités, leur offrant des quartiers d'oranges et de citrons que la Princesse lui avait donnés, ce qui les étonna fort, car ils ne le connaissaient point. Tandis qu'il divertissait ainsi ses frères, Cendron entendit l'horloge sonner onze heures trois quarts. Il fit aussitôt sa révérence à la compagnie, et s'en alla le plus vite qu'il put.

Arrivé chez lui, il se hâta d'aller trouver son Parrain, et après l'avoir remercié, lui dit qu'il ne pouvait s'empêcher de désirer de tout son cœur retourner le lendemain au bal, car la fille de la Reine l'en avait prié.

Alors qu'il s'empressait de raconter les événements du soir à son Parrain, ses deux frères frappèrent à la porte, et Cendron courut leur ouvrir.

« Que vous êtes restés longtemps ! » leur dit-il en bâillant, se frottant les yeux et s'étirant comme si on venait de le tirer du sommeil. Il n'avait pourtant nullement eu envie de dormir depuis qu'ils s'étaient quittés.

« Si tu étais venu au bal, dit l'un de ses frères, tu ne te serais pas ennuyé. Il y est venu le plus élégant des princes, le plus beau qu'on ait vu de mémoire de mortels. Il nous a fait mille amabilités, et nous a offert des oranges et des citrons. »

Cendron ne laissa rien paraître ; il leur demanda bien le nom de ce Prince, mais ils répondirent qu'ils ne le connaissaient pas, et que la fille de la Reine en était fort marrie, et serait prête à donner tout ce qu'elle avait au monde pour savoir qui il était. Ce à quoi Cendron répondit, en souriant :

« Il était donc bien beau ? Mon Dieu, que vous êtes heureux ! Ne pourrais-je point le voir ? Ah, cher Monsieur Javot, prêtez-moi votre habit jaune que vous mettez tous les jours.

– Ah oui vraiment ! s'écria Monsieur Javot. Prêter mon habit à un vilain Culcendron comme ça : il faudrait que je sois fou ! »

Cendron s'attendait bien sûr à une telle réponse et s'en réjouit : il aurait été bien ennuyé si son frère lui avait prêté ce qu'il n'avait demandé que pour plaisanter.

Le lendemain, les deux frères s'en furent au bal, et Cendron aussi, mais vêtu plus richement encore que la première fois. La fille de la Reine ne le quittait pas d'une semelle, ne cessait de le complimenter et de lui conter des douceurs : ce dont il ne se lassait pas, au point qu'il finit par compter douze coups sonnés par l'horloge, quand il croyait ne pas avoir passé onze heures. Il se leva alors et s'enfuit, aussi leste qu'un daim. La Princesse le suivit, mais ne put le rattraper. Il laissa tomber une de ses pantoufles de verre, que la Princesse ramassa avec le plus grand soin. Cendron parvint à rentrer, mais il était bien essoufflé dans ses vilains habits d'autrefois, et il ne lui restait rien de tous ses beaux atours, hormis sa petite pantoufle, pareille à celle qu'il avait perdue. On demanda aux gardes de la porte du palais si elles n'avaient pas vu sortir un prince.

Elles dirent qu'elles n'avaient vu personne hormis un jeune homme fort mal vêtu et qui avait plus l'air d'un pauvre paysan que d'un gentilhomme.

Quand les deux frères revinrent du bal, Cendron leur demanda s'ils s'étaient encore bien amusés et si le beau gentilhomme était là.

Ils répondirent que oui, mais qu'il s'était enfui dès qu'avaient retenti les douze coups de minuit, si précipitamment qu'il avait laissé tomber l'une de ses petites pantoufles de verre, la plus jolie du monde, que la fille de la Reine avait ramassée. Et que celle-ci n'avait fait que la regarder pendant tout le reste du bal : assurément, elle était fort amoureuse de la belle personne à qui appartenait la pantoufle de verre.

Ils disaient vrai, car peu de jours après, la fille de la Reine fit retentir les trompettes et proclama qu'elle épouserait celui dont le pied correspondait parfaitement à la pantoufle. Ses employées entreprirent de la faire essayer aux Princes, puis aux Ducs, et enfin à toute la Cour, mais en vain. On l'apporta chez les deux frères, qui firent tout leur possible pour faire entrer leur pied dans la pantoufle, sans y parvenir. Cendron, qui assistait à la scène et avait reconnu sa pantoufle, leur dit en riant :

« Laissez-moi voir si elle pourrait m'aller. »

Ses frères éclatèrent de rire et commencèrent à se moquer de lui. La dame envoyée pour faire essayer la pantoufle regarda attentivement Cendron et, le trouvant fort beau, déclara que ce n'était que justice de le faire essayer, et qu'elle avait reçu pour ordre de laisser tout le monde tenter sa chance.

Elle fit asseoir Cendron. Approchant la pantoufle de son pied, elle constata qu'il y entrait sans peine, et que la pantoufle lui allait parfaitement, comme si elle était faite de cire. L'étonnement des deux frères était tout à fait remarquable, mais s'accrut encore considérablement quand Cendron tira de sa poche l'autre petite pantoufle, et la mit à son pied. Là-dessus arriva le Parrain qui, ayant donné un coup de sa baguette sur les habits de Cendron, les rendit encore plus luxueux et magnifiques que tous les autres.

Alors les deux frères reconnurent en lui le beau et élégant gentilhomme qu'ils avaient vu au bal. Ils se jetèrent à ses pieds et implorèrent son pardon pour les mauvais traitements qu'ils lui avaient fait subir. Cendron les releva et, les serrant dans ses bras, s'écria qu'il leur pardonnait de tout son cœur, et les priait de l'aimer pour toujours.

On le conduisit auprès de la jeune Princesse, paré comme il l'était : elle le trouva plus charmant que jamais, et quelques jours plus tard, elle l'épousa. Cendron, qui était aussi bon que beau, fit loger ses deux frères au palais et les maria le même jour à deux grandes dames de la Cour.

Le Prince au petit pois

Il était une fois une Princesse qui voulait épouser un prince, mais un prince véritable. Elle fit donc le tour du monde pour en trouver un, seulement il y avait toujours quelque chose qui clochait. Des princes, il n'en manquait pas, mais elle ne parvenait jamais à savoir s'ils étaient de véritables princes. Chaque fois, un petit défaut venait lui rappeler qu'elle n'avait pas encore trouvé ce qu'elle cherchait. Elle s'en revint donc bien affligée, car elle désirait tant trouver un prince véritable ! Un soir, il y eut une affreuse tempête : le tonnerre grondait, les éclairs flamboyaient et la pluie tombait à torrents. C'était épouvantable ! Quelqu'un frappa à la porte du château, et la vieille Reine s'empressa d'ouvrir.

C'était un prince. Mais oh, la pluie et l'orage l'avaient mis dans un bien triste état ! L'eau ruisselait de ses cheveux et de ses vêtements, entrait par la pointe de ses souliers et ressortait par le talon. Et pourtant, il prétendait être un prince véritable !

« Eh bien ! Nous allons vite le savoir ! » pensa le vieux Roi. Alors, sans rien dire, il alla dans la chambre à coucher, ôta toute la literie et plaça un petit pois au fond du lit. Il posa ensuite vingt matelas sur le petit pois, et encore vingt édredons qu'il entassa par-dessus les matelas. Telle était la couche destinée au Prince.

Le lendemain matin, on lui demanda comment il avait passé la nuit.

« Bien mal ! répondit-il. J'ai à peine fermé l'œil ! Dieu sait ce qu'il y avait dans le lit. J'étais couché sur quelque chose de très dur, et j'ai le corps couvert de bleus. Un vrai calvaire ! »

Tous étaient désormais certains qu'il s'agissait d'un Prince véritable, puisqu'il avait senti un petit pois à travers vingt matelas et vingt édredons.

Seul un prince véritable pouvait avoir la peau aussi délicate.

La Princesse l'épousa donc, car elle était à présent certaine d'avoir trouvé un prince véritable. Le petit pois fut placé dans le Musée Royal, où il doit se trouver encore, si personne n'est allé l'y voler. Et voilà une histoire tout ce qu'il y a de plus véritable !

Jacqueline et le Haricot magique

Il était une fois un pauvre veuf qui vivait dans une petite ferme avec sa fille Jacqueline.

Jacqueline manquait de jugeote, mais elle était affectueuse et avait bon cœur. Il y eut un hiver très rude, et le pauvre homme attrapa une forte fièvre. Jacqueline ne travaillait pas encore, de sorte qu'ils tombèrent dans une extrême pauvreté. Le veuf dut se résoudre à vendre son bœuf pour qu'ils ne meurent pas de faim ; aussi un matin il dit à sa fille : « Jacqueline, je suis trop faible pour aller au marché, alors emmène le bœuf et vends-le. »

Jacqueline était ravie d'aller au marché pour vendre le bœuf ; mais elle croisa en chemin une bouchère qui lui montra les haricots magnifiques qu'elle tenait dans la main. Jacqueline s'arrêta pour les regarder. La bouchère lui dit qu'ils avaient une grande valeur et parvint à convaincre Jacqueline, qui était décidément bien sotte, de lui donner le bœuf en échange de ses haricots.

Quand elle les rapporta à son père en lieu et place de l'argent qu'il avait espéré tirer de son si joli bœuf, il fut très fâché et versa des larmes amères en reprochant à Jacqueline sa stupidité. Elle était navrée, et père et fille allèrent se coucher le cœur bien lourd car leur dernier espoir s'était envolé.

Jacqueline se leva à l'aube et sortit dans le jardin.

« Il ne me reste plus qu'à semer ces merveilleux haricots. Mon père dit qu'ils sont tout ce qu'il y a de plus commun ; mais ça ne coûte rien d'essayer. »

Elle prit donc un bâton, fit plusieurs trous dans le sol puis planta les haricots.

Ce jour-là, ils se contentèrent d'un repas frugal et allèrent se coucher la mort dans l'âme, car ils savaient qu'ils n'auraient plus rien à se mettre sous la dent le lendemain. Jacqueline, qui avait trop de chagrin et de contrariétés pour dormir, se leva aux aurores et sortit dans le jardin.

Quelle ne fut sa surprise quand elle découvrit que les haricots avaient miraculeusement poussé pendant la nuit, à tel point qu'ils recouvraient à présent la haute falaise juste derrière leur ferme, et qu'on n'en voyait plus la cime ! L'entrelacs des tiges, qui s'accrochaient et s'enchevêtraient les unes aux autres, formait une échelle.

« Voilà qui serait facile à escalader », se dit Jacqueline.

Elle y réfléchit et décida de se lancer, car c'était une bonne grimpeuse. Cependant, après sa mésaventure avec le bœuf, elle songea qu'il valait mieux consulter son père.

Jacqueline l'appela donc, et père et fille contemplèrent dans un silence émerveillé le Haricot géant, lequel était étonnamment haut mais aussi suffisamment robuste pour supporter le poids de Jacqueline.

« Je me demande bien jusqu'où il va, dit Jacqueline. Je crois que je vais grimper en haut pour voir un peu. »

Son père trouvait plus sage qu'elle ne se risque pas à escalader cette étrange échelle, mais Jacqueline, certaine que le Haricot géant recelait quelque trésor, l'amadoua tant et si bien qu'il finit par lui donner sa bénédiction.

Jacqueline commença aussitôt son ascension ; elle gravit l'échelle végétale jusqu'à ce que tout ce qu'elle avait laissé derrière elle

– leur ferme, le village et le haut clocher de l'église – lui paraisse minuscule, et même là, elle ne voyait toujours pas le sommet du Haricot géant.

Jacqueline se sentait un peu fatiguée et elle songea un moment à revenir sur ses pas. Mais c'était une petite fille très courageuse, et elle savait que pour réussir dans quelque entreprise que ce soit, il ne faut pas abandonner, mais persévérer. Alors elle se reposa et reprit son ascension.

Après avoir grimpé de plus en plus haut, jusqu'à ce qu'elle renonce à regarder en bas de crainte d'avoir le vertige, Jacqueline parvint enfin au sommet du Haricot géant. Elle découvrit une contrée boisée fort charmante, avec de jolis prés remplis de moutons. Un ruisseau cristallin serpentait à travers les pâtures, et non loin de là se trouvait un majestueux château.

Jacqueline se demanda pourquoi elle n'avait jamais vu ce château ni n'en avait même entendu parler ; mais elle s'aperçut qu'il était séparé du village par le rocher escarpé sur lequel il était bâti, à croire qu'il se trouvait dans une autre contrée.

Jacqueline contemplait encore le château quand un étrange personnage sortit du bois et vint à sa rencontre.

Il portait une coiffe de satin rouge bordée d'hermine, ses cheveux tombaient sur ses épaules, et il marchait avec un bâton. Jacqueline ôta sa casquette et lui fit une révérence.

« Monseigneur, lui dit-elle, est-ce là votre château ?

– Non, répondit le vieil homme. Permets-moi de te raconter l'histoire de ce lieu.

« Il était une fois une noble dame qui vivait dans ce château, à la frontière du royaume des fées. Elle était mariée à un homme beau et aimant avec lequel elle avait eu plusieurs adorables enfants. Elle avait en outre pour voisins des petites gens qui la couvraient de cadeaux aussi beaux que précieux.

« On parlait partout de ces trésors, et une géante monstrueuse, qui vivait non loin de là et qui était fort méchante, voulut s'en emparer.

« La Géante pénétra dans le château avec l'aide d'une fausse servante qu'elle avait soudoyée, découvrit la noble dame endormie dans son lit et lui ôta la vie. Ensuite, elle alla à la nursery et tua aussi les pauvres petits qui s'y trouvaient.

« Par chance, le seigneur était absent car il était parti avec sa petite dernière, âgée d'à peine deux ou trois mois, pour rendre visite à son vieux nounou qui vivait dans la vallée ; et il avait été retenu toute la nuit par un orage.

« Le lendemain matin, aux premières lueurs du jour, un des serviteurs du château, qui avait réussi à s'échapper, alla annoncer au pauvre homme la mort tragique de son épouse et de ses enfants adorés. Il ne put y croire d'abord, et il serait rentré pour connaître le même sort que les siens si le vieux nounou ne l'avait pas supplié de se souvenir qu'il avait charge d'âme et qu'il était de son devoir de rester en vie pour subvenir aux besoins de sa fille.

« Le noble seigneur finit par entendre raison et accepta de se cacher chez le nounou, car le serviteur lui avait dit que la Géante avait juré de les tuer, son bébé et lui, si elle les retrouvait. Les années passèrent. Le vieux nounou mourut, laissant sa petite ferme avec ses quelques meubles au pauvre seigneur, qui s'y installa et gagna son pain à la sueur de son front. Son rouet et le lait d'un bœuf qu'il avait acheté avec le peu d'argent qui lui restait suffisaient à l'existence simple qu'il menait avec sa petite fille. Dans le joli jardin attenant à la ferme, ils faisaient pousser des petits pois, des haricots ainsi que des choux-fleurs, et le noble seigneur n'avait pas honte d'aller, pendant la moisson, glaner dans les champs de quoi nourrir sa fille.

Jacqueline, ce pauvre seigneur n'est autre que ton père. Ce château appartenait jadis à ta mère, par conséquent il te revient de droit. »

Jacqueline laissa échapper un cri de surprise.

« Mon père ! Oh, Monseigneur, dites-moi ce que je dois faire. Ma pauvre mère ! Mon pauvre père !

– Il est de ton devoir de le reconquérir pour ton père. Mais la tâche n'est pas sans péril, Jacqueline. Auras-tu le courage de l'entreprendre ?

– Je suis sans peur quand il s'agit de faire ce qui est juste, répondit Jacqueline.

– Dans ce cas, dit le gentilhomme à la coiffe rouge, tu es de la trempe de celles qui terrassent les géants. Trouve un moyen de pénétrer à l'intérieur du château et de t'emparer du coq aux œufs d'or et de la harpe qui parle. Et surtout n'oublie pas : tout ce que possède la Géante t'appartient. » Sur ce, le gentilhomme disparut, et Jacqueline sut que c'était un fée.

Déterminée à mener à bien cette mission, Jacqueline se mit en route et souffla dans la corne suspendue au portail du château. Quelques instants plus tard, un géant laid à faire peur avec un œil au milieu du front vint lui ouvrir.

En le voyant, Jacqueline chercha à faire demi-tour, mais le Géant la rattrapa.

« Ho ! Ho ! Pas si vite ! Tu ne t'attendais clairement pas à me voir ! dit-il avec un rire sinistre. Il est hors de question que je te laisse partir. Je suis las de cette vie. J'ai du travail par-dessus la tête et je ne vois pas pourquoi je n'aurais pas une femme de chambre comme n'importe quel seigneur. Tu es parfaite pour cet emploi. Tu nettoieras les couteaux, tu cireras les bottes, tu t'occuperas des feux et tu m'aideras quand la Géante n'est pas là. Quand elle est à la maison, il faudra te cacher, car elle a dévoré toutes mes femmes de chambre, et elle ne ferait qu'une bouchée de toi, ma caille. »

Tout en disant ces mots, il traîna Jacqueline de force dans le château. La malheureuse était effrayée – qui ne le serait pas à sa place ? – mais elle se rappela que la peur n'est pas digne d'une femme. Le courage lui revint et elle se résolut à tirer parti de sa situation.

« Je suis tout à fait disposée à vous aider et je ferai mon possible pour vous servir au mieux, mon Seigneur, lui dit-elle. Je vous prierai seulement de faire en sorte que votre femme ne me trouve pas, car je n'aimerais pas du tout être mangée.

– Brave petite ! répondit le Géant en hochant la tête. C'est une chance que tu n'aies pas crié comme les autres en me voyant, car ma femme aurait été réveillée et elle t'aurait mangée, toi aussi, au petit-déjeuner. Approche, mon enfant ; va te cacher dans ma garde-robe ; jamais elle ne s'aventurera à l'ouvrir. Tu y seras en sécurité. »

Sur ce, il ouvrit une énorme armoire dans la vaste entrée et l'y enferma. Le trou de la serrure était si large que l'air y passait généreusement et elle pouvait voir tout ce qui se passait à travers. Bientôt elle entendit un bruit de pas semblable au roulement d'un canon, puis une voix qui gronda comme le tonnerre :

« Fa, fe, fi-fo-foum, je sens l'haleine d'une petite femme. Morte ou vive, peu me chaut, je croquerai ses os comme des gâteaux. Homme ! cria la Géante, il y a une femme à l'intérieur du château. Laisse-moi la manger pour mon petit-déjeuner.

– Ma parole, tu deviens gâteuse avec l'âge, rouspéta le seigneur. Ce que tu sens, c'est l'odeur du bon gros steak d'éléphant que je viens tout juste de te faire cuire. Là, mets-toi à table, tu m'en diras des nouvelles. »

Il posa devant sa femme une énorme platée de viande fumante qu'elle mangea de si bon appétit qu'elle ne pensa plus à ce qu'elle avait dit. La Géante termina son petit-déjeuner puis alla faire un tour dehors. Alors le Géant ouvrit l'armoire et fit sortir Jacqueline pour qu'elle l'assiste dans ses tâches. Elle travailla toute la journée. Il lui donna à manger et, le soir venu, elle retourna dans sa cachette.

La Géante rentra à l'heure du souper. Jacqueline, qui l'observait par le trou de la serrure, la vit avec effroi ronger un os de loup puis enfourner la moitié d'une poularde dans sa grande bouche.

À la fin du repas, elle ordonna à son mari de lui apporter le coq aux œufs d'or.

« Il pond autant qu'à l'époque où il appartenait à cette pitoyable dame, dit-elle. J'ai même l'impression que ses œufs sont plus lourds que jamais. »

Le Géant s'éclipsa et revint bientôt avec un petit coq brun qu'il posa sur la table devant son épouse. « Maintenant, ma chère, dit-il, si tu n'as plus besoin de moi, je sors prendre l'air.

– Va, lui dit la Géante. Un petit somme me fera le plus grand bien. »

Elle prit le coq brun et lui dit :

« Ponds ! » Et il pondit un œuf d'or.

« Ponds ! » répéta la Géante. Et il en pondit un autre.

« Ponds ! » dit une troisième fois la Géante. Et à nouveau, un œuf d'or apparut sur la table.

Jacqueline sut avec certitude qu'il s'agissait du coq dont lui avait parlé le Fée.

La Géante reposa le coq par terre, après quoi elle ne tarda pas à ronfler en faisant autant de bruit que le tonnerre.

Quand Jacqueline fut certaine que la Géante dormait comme une souche, elle entrouvrit la porte et se faufila hors de l'armoire ; elle traversa la pièce sur la pointe des pieds, s'empara du coq et sortit en toute hâte. Ensuite elle se rendit aux cuisines et trouva la porte entrouverte ; elle l'ouvrit, reverrouilla soigneusement derrière elle et regagna en courant le Haricot magique, qu'elle descendit aussi vite que le lui permettaient ses jambes.

Quand son père la vit de retour, il pleura de joie, car il avait craint que les fées ne l'aient emportée, ou que la Géante ne l'ait trouvée. Mais Jacqueline posa le coq brun à ses pieds, lui raconta comment elle avait pénétré dans le château de la Géante et lui fit le récit de ses autres aventures. Son père fut heureux de voir le coq, car grâce à lui, leur fortune était de nouveau faite.

Un jour, Jacqueline profita de ce que son père était au marché pour escalader le Haricot géant et retourner au château de la Géante ; elle avait pris soin de se teindre les cheveux et de se déguiser. Le vieux Géant ne la reconnut pas et la traîna comme la fois précédente à l'intérieur du château afin qu'elle l'aide dans son travail ; mais lorsqu'il entendit sa femme arriver, il la cacha dans l'armoire, sans penser qu'il s'agissait de la fille qui leur avait volé le coq. Il lui dit de ne pas faire de bruit, sinon la Géante la mangerait.

Cette dernière arriva et dit :

« Fa, fe, fi-fo-foum, je sens l'haleine d'une petite femme. Morte ou vive, peu me chaut, je croquerai ses os comme des gâteaux.

– Tu dis n'importe quoi ! dit le mari. C'est le bœuf rôti que je t'ai préparé en amuse-bouche ! Mets-toi à table et je te l'apporte sur-le-champ. »

Une fois la Géante assise, son mari lui présenta un bœuf rôti sur un grand plat et ils commencèrent leur souper. Jacqueline les regarda avec stupéfaction sucer le bœuf jusqu'aux os comme s'il s'agissait d'une vulgaire alouette. Sitôt leur repas terminé, le Géant se leva et dit :

« À présent, ma chère, avec ta permission, je vais monter finir mon livre dans ma chambre. Si tu as besoin de moi, tu n'auras qu'à m'appeler.

– D'abord, répondit la Géante, apporte-moi mes bourses, j'aimerais compter mes pièces d'or avant de dormir. » Le Géant obéit. Il partit et revint bientôt en portant sur chaque épaule deux énormes sacs, qu'il posa devant sa femme.

« Là, dit-il, c'est tout ce qui reste de l'argent de la noble dame. Quand tu l'auras dépensé, il te faudra prendre le château d'une autre baronne. »

« Pas si je l'en empêche », songea Jacqueline.

Après le départ de son mari, la Géante sortit par poignées des pièces d'or qu'elle compta et disposa en piles, jusqu'à ce que cette petite occupation cesse de l'amuser. Alors elle remit les pièces dans leurs bourses, se renversa dans son siège et s'endormit bien vite, en ronflant si fort qu'on n'entendait pas une mouche voler.

Jacqueline sortit de l'armoire sans faire de bruit, déroba les bourses (après tout, elle ne faisait que reprendre le bien que la Géante avait volé à sa mère), s'enfuit, descendit non sans peine le Haricot géant et les posa sur la table de son père. Il venait de rentrer de la ville et, ne trouvant nulle part Jacqueline, pleurait à chaudes larmes.

« Tenez, père, voici l'or que ma mère a perdu.

– Oh, Jacqueline ! tu es bien brave, mais ta vie m'est trop précieuse pour que tu la mettes en danger dans le château de la Géante. Raconte-moi comment tu as fait pour retourner là-bas. »

Et Jacqueline lui raconta toute l'histoire.

Le père de Jacqueline fut très heureux d'avoir l'argent, mais il ne lui plaisait guère qu'elle prenne autant de risques pour lui.

Au bout de quelque temps, Jacqueline décida malgré tout de retourner chez la Géante.

Elle grimpa une fois de plus au sommet du Haricot géant et souffla dans la corne à l'entrée du château. Le Géant vint bientôt lui ouvrir ; il était trop stupide pour la reconnaître, néanmoins il s'arrêta un court instant avant de l'emporter à l'intérieur, car il craignait un autre larcin. Mais le visage frais et innocent de Jacqueline lui ôta ses derniers scrupules, il lui ordonna donc d'entrer et de se cacher dans l'armoire.

La Géante revint bientôt au château, à peine eut-elle franchi le seuil qu'elle mugit : « Fa, fe, fi-fo-foum, je sens l'haleine d'une petite femme. Morte ou vive, peu me chaut, je croquerai ses os comme des gâteaux.

– Vieille bête, lui dit son mari. Ce que tu sens, c'est l'odeur d'un beau mouton que j'ai fait griller pour ton dîner. »

La Géante s'attabla et son mari lui présenta un mouton entier pour son souper. Quand elle l'eut dévoré, elle dit :

« Maintenant, donne-moi ma harpe, je vais écouter un peu de musique pendant que tu iras prendre l'air. »

Le Géant fit ce que son épouse demandait et lui apporta une magnifique harpe. L'instrument était incrusté de diamants et de rubis étincelants, et les cordes étaient en or.

« C'est un des plus beaux trophées du butin que j'ai pris à la noble dame, dit la Géante. J'adore la musique et ma harpe est mon fidèle serviteur. »

Elle tira la harpe vers elle et dit : « Joue ! »

Et la harpe joua une mélodie douce et mélancolique.

« Joue quelque chose de plus joyeux ! » ordonna la Géante.

Et la harpe joua un air plus joyeux.

« Maintenant, joue-moi une berceuse », rugit la Géante ; et la harpe joua une jolie berceuse, au son de laquelle sa maîtresse ne tarda pas à s'endormir.

Jacqueline sortit alors discrètement de l'armoire et alla dans les vastes cuisines pour s'assurer que le Géant était bien parti. Ne trouvant personne, elle ouvrit doucement la porte en songeant que ce serait plus difficile à faire une fois qu'elle aurait la harpe en main.

Ensuite elle retourna dans la pièce où se trouvait la Géante, s'empara de la harpe et s'enfuit, mais elle n'avait pas plus tôt franchi le seuil que la harpe se mit à hurler : « MAÎTRESSE ! MAÎTRESSE ! »

Et la Géante se réveilla.

Elle bondit de son siège en poussant un rugissement phénoménal, et en deux foulées atteignit la porte.

Mais Jacqueline était très agile. À la vitesse de l'éclair, elle emporta la harpe, et lui dit pour la rassurer (car elle avait compris qu'il s'agissait d'un fée) qu'elle était la fille de son ancienne maîtresse, la noble dame.

De son côté, la Géante avait presque rattrapé la pauvre Jacqueline et la voici qui tendait sa main monstrueuse pour la capturer. Mais, par chance, elle trébucha sur une pierre et tomba à plat ventre sur le sol.

Jacqueline profita de cette aubaine pour atteindre le Haricot magique et descendre en toute hâte ; mais à l'instant même où elle arrivait dans son jardin, elle vit la Géante derrière elle.

« Père ! Père ! cria Jacqueline. Va vite me chercher la hache ! »

Le père se précipita vers elle avec une hachette et Jacqueline sectionna d'un grand coup toutes les tiges du Haricot géant, à l'exception d'une seule.

« Maintenant, père, écarte-toi ! » ordonna-t-elle.

Fort heureusement, le père de Jacqueline recula car, alors que la Géante se retenait à la dernière branche du Haricot géant, Jacqueline finit d'abattre la tige et fit un bond en arrière.

Il y eut un bruit terrible : la Géante tomba tête la première, se rompit le cou puis s'effondra aux pieds de l'homme qu'elle avait tant fait souffrir.

Jacqueline et son père ne s'étaient pas encore remis de leurs émotions qu'un beau gentilhomme apparut devant eux.

« Jacqueline, dit-il, tu t'es montrée à la hauteur de ton rang, par conséquent tu mérites que te soit restitué ton héritage. Creuse une tombe et enterre la Géante, ensuite tu iras tuer le Géant.

– Mais, répondit Jacqueline, je ne pourrais pas tuer une personne contre qui je ne me bats pas ; et il est hors de question que je lève mon épée sur un homme. En plus, le Géant s'est montré fort gentil envers moi. »

Le Fée sourit à Jacqueline.

« Ces nobles sentiments t'honorent, dit-il. Quoi qu'il en soit, retourne au château et fais ce qu'il te semblera nécessaire. »

Jacqueline demanda au Fée s'il voulait bien lui indiquer le chemin du château, car le Haricot géant s'était écroulé. Il lui dit qu'il la conduirait dans son char, lequel était tiré par deux paons. Jacqueline le remercia et s'assit à côté de lui.

Le Fée conduisit un long moment avant qu'ils parviennent à un village au fond de la vallée. Là, ils trouvèrent une foule de femmes à l'aspect misérable. Le Fée arrêta son attelage et leur dit :

« Mes amies, la méchante Géante qui vous a tant opprimées et a dévoré tous vos troupeaux est morte. Cette jeune femme vous en a délivrées, il s'agit de la fille de votre bien-aimée maîtresse, la noble dame. »

Les femmes poussèrent des hourras et s'avancèrent pour dire qu'elles serviraient Jacqueline aussi fidèlement qu'elles avaient jadis servi sa mère. Quand le Fée leur demanda de les accompagner au château, elles suivirent comme une seule femme. Jacqueline souffla dans la corne et demanda qu'on les laisse entrer.

En les voyant arriver depuis l'une des meurtrières de la tour, le vieux Géant prit peur, car il devinait qu'un malheur était arrivé à son épouse. Alors qu'il descendait l'escalier quatre à quatre, il se prit les pieds dans son ourlet, tomba et se rompit le cou.

Découvrant les portes du château fermées, les femmes qui s'étaient massées dehors s'emparèrent de pieds-de-biche et forcèrent le portail. Il n'y avait pas âme qui vive, mais en quittant le hall, elles trouvèrent le corps du Géant au bas des escaliers.

Jacqueline prit ainsi possession du château. Le Fée lui amena son père, le coq et la harpe. Elle fit enterrer le Géant, et tâcha de se montrer généreuse envers celles et ceux que la Géante avait volés.

Avant de s'en retourner au royaume des fées, le Fée expliqua à Jacqueline qu'il avait envoyé la bouchère lui montrer les haricots afin de la mettre à l'épreuve.

« Si tu t'étais contentée de regarder bouche bée le Haricot géant, poursuivit-il, je t'aurais laissée à ton triste sort et me serais contenté de rendre son bœuf à ton père. Mais tu as fait preuve de curiosité, d'audace et de courage, tu méritais donc de t'élever au-dessus de ta condition. En escaladant le Haricot géant, tu as gravi les échelons de l'Échelle de la Fortune. »

Sur ces mots, il prit congé de Jacqueline et de son père.

Gretel et Hansel

Il était une fois une pauvre bûcheronne qui vivait à la lisière d'une vaste forêt avec son mari et ses deux enfants : la fille s'appelait Gretel et le garçon Hansel. Elle avait toujours vécu chichement, et quand une grande famine frappa le pays, elle ne fut même plus en mesure de rapporter le pain quotidien. Un soir, alors qu'elle se retournait dans son lit en ruminant ses soucis, elle soupira et dit à son époux : « Qu'allons-nous devenir ? Comment nourrir nos pauvres enfants, alors que nous n'avons plus rien pour nous-mêmes ?

– Eh bien, ma femme, sais-tu ce que nous allons faire ? répondit l'homme. Demain matin à la première heure nous conduirons les enfants dans la forêt, là où elle est la plus dense. Nous allumerons un feu et leur donnerons à chacun un quignon de pain. Puis nous irons travailler en les laissant seuls. Ils ne sauront pas retrouver le chemin de la maison, et ainsi nous en serons débarrassés.

– Non, mon mari, répondit sa femme. Je m'y refuse ! Comment pourrais-je me résoudre à abandonner mes enfants seuls dans les bois ? Les bêtes sauvages les dévoreraient aussitôt.

– Oh, sotte que tu es ! dit-il. Alors, nous allons tous les quatre mourir de faim, et tu ferais aussi bien d'aller de ce pas raboter les planches pour nos cercueils. »

Et il ne la laissa plus tranquille jusqu'à ce qu'elle consentît. « Je ne peux m'empêcher d'avoir de la pitié pour ces pauvres enfants », ajouta-t-elle cependant.

Les enfants, que la faim tenait également éveillés, avaient entendu ce que leur beau-père avait dit à leur mère.

Hansel pleurait à chaudes larmes, et dit à Gretel : « C'en est fini de nous !

– Non, non, Hansel, répondit Gretel, ne te tourmente pas ; je trouverai bien un moyen de nous sortir de là, pas d'inquiétude. »

Quand les parents furent endormis, elle se leva, enfila son petit manteau, ouvrit la porte de derrière et se faufila dehors. La lune brillait dans le ciel et les graviers blancs devant la maison étincelaient comme des pièces d'argent. Gretel se pencha et en remplit ses poches autant qu'elle put. Puis elle rentra et dit à Hansel : « Sois rassuré, petit frère chéri, et dors tranquille : Dieu ne nous abandonnera pas. » Ensuite elle se recoucha.

Le lendemain, aux toutes premières lueurs du jour, l'homme vint réveiller les deux enfants : « Debout, paresseux ! Nous allons tous chercher du bois dans la forêt. » Il leur donna à chacun un quignon de pain et dit : « Voilà pour votre déjeuner, mais ne mangez pas tout avant, car vous n'aurez rien d'autre. » Hansel mit le pain dans son

tablier, Gretel ayant les poches pleines de cailloux. Puis ils se mirent tous en route pour la forêt. Ils cheminaient depuis peu de temps quand Gretel s'arrêta pour regarder en arrière, vers la maison. Elle ne cessait de répéter ce manège. Sa mère, qui l'observait, lui dit : « Gretel, que regardes-tu là-bas, et pourquoi restes-tu toujours à la traîne ? Tu risques de trébucher si tu n'y prends garde !

– Ah, mère, dit Gretel, je regarde mon petit chat blanc qui est assis sur le toit et me fait au revoir.

– Quelle bourrique ! Ce n'est pas ton petit chat, c'est le reflet du soleil sur la cheminée ! » se moqua l'homme.

Mais Gretel ne regardait pas le chat : à chaque fois, elle jetait sur le chemin un caillou blanc de sa poche.

Une fois qu'ils furent parvenus au cœur de la forêt, la mère dit : « Maintenant, les enfants, allez chercher du bois en quantité et je vais allumer un feu pour que vous n'ayez pas froid. » Gretel et Hansel rassemblèrent quelques fagots, de quoi former un tas presque aussi grand qu'une petite colline. On mit le feu aux fagots, et quand les flammes montèrent bien haut, l'homme dit : « Maintenant couchez-vous près du feu, les enfants, et reposez-vous : votre mère et moi allons couper du bois. Quand nous aurons terminé, nous reviendrons vous chercher. » Gretel et Hansel s'installèrent près du feu, et à midi, ils mangèrent leur quignon de pain. Ils entendaient le bruit des coups de hache et pensaient donc que leur mère n'était pas loin. Mais ce n'était pas une hache ! C'était une branche qu'elle avait attachée à un arbre mort et qui se balançait au gré du vent. Au bout d'un long moment assis auprès du feu, leurs paupières lourdes de fatigue se fermèrent, et ils s'endormirent bien vite. À leur réveil, il faisait nuit noire. Hansel se mit à pleurer : « Comment allons-nous sortir du bois à présent ? » Mais Gretel le réconforta. « Attends un peu que la lune se lève, dit-elle. Alors je te promets que nous retrouverons notre chemin. » Et quand la pleine lune fut levée, elle prit son frère par la main et suivit les cailloux, qui brillaient comme des sous neufs et leur montraient le chemin. Ils marchèrent toute la nuit et au lever du jour, ils arrivèrent devant la maison de leur mère. Ils frappèrent à la porte, et en leur ouvrant l'homme s'exclama : « Vilains enfants, pourquoi avez-vous dormi aussi longtemps dans la forêt ? Nous avons cru que vous ne reviendriez jamais ! » Mais la mère se réjouit, car elle s'en était voulu d'avoir abandonné ses enfants à leur sort.

Peu de temps après, une grande disette sévissait encore dans le pays, et un soir, alors qu'ils étaient au lit, les enfants entendirent leur beau-père s'adresser à leur mère en ces termes : « Voilà que nous n'avons de nouveau plus rien à manger. Il ne nous reste qu'une demi-miche de pain, et quand elle sera terminée, c'en sera fini de nous. Il faut nous débarrasser des enfants ; nous les emmènerons plus loin dans la forêt, et cette fois nous ferons en sorte qu'ils ne puissent pas retrouver leur chemin. C'est le seul moyen de nous sauver. » La femme avait le cœur lourd, et songeait « : Il vaudrait bien mieux partager les dernières bouchées avec nos enfants ! » Mais son mari ne voulait rien entendre, et ne faisait que la rabrouer et l'accabler de reproches. Cependant femme qui cède un jour cède toujours, et parce qu'elle avait déjà plié auparavant, elle fut forcée de le faire à nouveau.

Mais les enfants étaient réveillés, et avaient surpris la conversation. Quand les parents furent endormis, Gretel se leva et voulut sortir ramasser des cailloux, comme la première fois, mais l'homme avait fermé la porte à clé. Elle rassura cependant son petit frère, et lui dit : « Ne pleure pas, Hansel, dors paisiblement, le bon Dieu nous viendra forcément en aide ! »

Tôt le matin, l'homme vint tirer les enfants du lit. Ils reçurent leur quignon de pain, mais celui-ci était encore plus petit que la fois précédente. En chemin vers la forêt, Gretel l'émietta dans sa poche, et toutes les cinq minutes, elle s'arrêtait pour laisser tomber une miette par terre. « Gretel, pourquoi t'arrêtes-tu et regardes-tu constamment autour de toi ? demanda la mère.

– Je regarde mon petit pigeon qui se tient sur le toit et me fait au revoir, répondit Gretel.

– Idiote ! fit le mari. Ce n'est pas ton pigeon, mais le reflet du soleil sur la cheminée. » Cependant Gretel jeta peu à peu toutes ses miettes sur le chemin. L'homme emmena les enfants encore plus profondément dans la forêt, plus loin qu'ils n'étaient jamais allés de toute leur vie. Alors ils allumèrent à nouveau un grand feu, et le beau-père dit : « Restez ici, les enfants, et si vous êtes fatigués vous pouvez dormir un peu. Nous allons dans la forêt couper du bois, et ce soir, quand nous aurons fini, nous viendrons vous chercher. » À midi, Hansel partagea son pain avec Gretel, car elle avait émietté le sien tout au long du chemin. Puis ils s'endormirent, et le soir tomba sans qu'on vienne chercher les deux malheureux enfants.

Quand ils se réveillèrent, il faisait déjà nuit noire. Gretel réconforta son frère : « Attends un peu, Hansel, que la lune se lève, alors nous verrons les miettes que j'ai semées le long du chemin : elles nous indiqueront comment rentrer. » Quand la lune se leva, ils se mirent en route mais ne trouvèrent pas de miettes, car les mille oiseaux qui peuplent les bois et les prés les avaient toutes picorées. « Ça ne fait rien, dit Gretel à Hansel. Tu verras, nous retrouverons tout de même notre chemin. » Mais il n'en fut rien. Ils errèrent toute la nuit et le jour suivant, du matin au soir, sans jamais retrouver la sortie de la forêt. Ils étaient également affamés, car ils n'avaient rien d'autre à manger que les quelques baies qui poussaient par terre. Et ils finirent si fatigués que leurs jambes refusaient de les porter davantage. Alors ils s'allongèrent sous un arbre, et s'endormirent bien vite.

Le lendemain matin, le troisième depuis qu'ils avaient quitté la maison de leur mère, ils se remirent en marche, mais ne parvinrent qu'à s'enfoncer toujours plus loin dans la forêt. Ils sentaient à présent que faute de secours, leur heure serait bientôt arrivée. Lorsque vint midi, ils aperçurent un bel oiseau, blanc comme neige, perché sur une branche et dont le chant était si mélodieux qu'ils s'arrêtèrent pour l'écouter. Sa chanson terminée, l'oiseau battit des ailes et prit son envol sous leurs yeux. Ils le suivirent et parvinrent à une petite maison, sur le toit de laquelle il se jucha. En s'approchant, ils virent que la maisonnette était faite de pain d'épices, tandis que le toit était en gâteau et les fenêtres en sucre filé. « Au travail, dit Gretel, nous allons nous offrir un bon festin. Je vais manger un morceau de cette toiture, et toi Hansel, tu peux déguster un peu de cette fenêtre, c'est bien sucré, tu verras. » Gretel tendit la main et détacha un petit morceau du toit pour le goûter, tandis qu'Hansel s'approchait de la fenêtre et commençait à la grignoter. C'est alors que retentit une voix stridente qui les interpellait depuis l'intérieur :

« Grignote, grignote petite souris, qui grignote mon logis ? »

Les enfants répondirent :

« C'est le vent, c'est le vent, c'est le céleste enfant », et ils continuèrent à manger sans se laisser distraire. Gretel, qui trouvait le toit fort à son goût, en arracha un gros morceau, tandis que Hansel détachait une vitre ronde tout entière et s'asseyait pour la croquer à son aise. Soudain, la porte s'ouvrit, et un vieil homme sortit en clopinant, appuyé sur une canne. Gretel et Hansel eurent si peur qu'ils en lâchèrent les friandises qu'ils tenaient dans leurs mains. Mais le vieil homme secoua la tête et dit : « Ho ! Ho ! Mes chers enfants, qui donc vous a conduits jusqu'ici ? Entrez donc, venez chez moi, il ne vous arrivera aucun mal. » Il les prit tous les deux par la main et les fit entrer dans sa maisonnette, où il leur servit un dîner tout à fait somptueux : du lait, des crêpes avec du sucre, des pommes et des noix. Quand ils eurent terminé, deux jolis petits lits blancs les attendaient, et en s'y allongeant, Gretel et Hansel se crurent arrivés au Paradis.

Mais le vieil homme qui leur avait paru si bienveillant était en réalité un vieux sorcier, qui piégeait les enfants au moyen de cette maisonnette en pain d'épices qu'il avait bâtie pour les attirer. Dès qu'une personne tombait entre ses mains, il la tuait, la cuisinait et la mangeait, s'offrant pour l'occasion un véritable banquet. Les sorciers ont les yeux rouges et la vue basse, mais comme les bêtes sauvages, ils ont un odorat fort développé qui leur permet de repérer les humains qui passent dans les parages. Quand Gretel et Hansel furent pris à son piège, il eut un rire malveillant et déclara, goguenard : « Je les tiens à présent. Ils ne m'échapperont pas ! » Tôt le matin, avant le réveil des enfants, il se leva et, les voyant dormir d'un si paisible sommeil, avec leurs petites joues roses et bien rondes, il marmonna dans sa barbe : « Voilà qui promet d'être succulent. » Alors il saisit Gretel de sa main crochue, l'entraîna vers une petite étable et l'y enferma à double tour : elle pouvait crier tant qu'elle voulait, cela ne servait à rien. Puis il alla trouver Hansel, le secoua pour le réveiller et hurla : « Debout, fainéant, va me chercher de l'eau et prépare à manger pour ta sœur ! Quand elle sera bien grasse, je la dévorerai ! » Hansel eut beau pleurer toutes les larmes de son corps il dût faire ce que le méchant sorcier lui avait ordonné. Les mets les plus raffinés furent alors préparés pour la pauvre Gretel, tandis qu'Hansel ne recevait que des carapaces d'écrevisses. Chaque matin, le vieux clopinait jusqu'à l'étable et criait : « Gretel, donne-moi ton doigt, que je vois si tu es bien grasse. » Mais chaque fois, Gretel lui tendait un osselet, et le vieux, qui avait très mauvaise vue, se faisait toujours avoir et se demandait pourquoi elle mettait si longtemps à engraisser. Quatre semaines s'écoulèrent et Gretel était toujours aussi maigre. Le sorcier perdit patience et décida de ne plus attendre. « Hep là ! Hansel, appela-t-il, va vite me chercher de l'eau. Grasse ou maigre, demain je tue Gretel et je la fais cuire. » Hélas ! Comme il sanglota, le pauvre petit frère, en allant chercher l'eau, que de larmes ruisselaient sur ses joues. « Mon Dieu, viens-nous en aide ! suppliait-il. Si seulement les bêtes sauvages de la forêt nous avaient mangés, au moins nous serions morts ensemble.

– Épargne-nous tes jérémiades, dit l'affreux bonhomme, ça ne te sera d'aucun secours. »

Tôt le lendemain, Hansel fut obligé d'aller suspendre la marmite remplie d'eau et d'allumer le feu. « Nous allons d'abord faire du pain, dit le vieil homme. J'ai déjà chauffé le four et pétri la pâte. » Il poussa Hansel vers le four, d'où sortaient des flammes brûlantes. « Faufile-toi là-dedans, dit le sorcier, et vois si c'est assez chaud pour qu'on enfourne le pain. » Car il avait l'intention, quand Hansel serait à l'intérieur, de refermer le four et de l'y laisser rôtir, afin de le dévorer également. Mais le garçon devina son intention et dit : « Je ne sais comment m'y prendre, comment entre-t-on dans ce four ?

– Espèce de jars stupide, dit le vieux, la porte est bien assez grande : vois, je pourrais moi-même y pénétrer sans peine », et se traînant jusqu'au four, il passa sa tête à l'intérieur. Alors Hansel lui donna une bonne poussée qui l'expédia tout au fond, puis referma la porte en fer et tira le verrou. Dieu du Ciel ! Comme il hurla, c'était tout à fait horrible. Mais Hansel prit ses jambes à son cou et abandonna l'affreux vieillard à une mort misérable.

Il courut tout droit rejoindre sa sœur et ouvrit la petite porte de l'étable en criant : « Gretel, nous sommes libres, le vieux sorcier est mort ! » Alors Gretel jaillit de sa prison, tel l'oiseau dont on a ouvert la cage. Comme ils se réjouirent, tombant dans les bras l'un de l'autre, comme ils sautèrent de joie et s'embrassèrent ! Et puisqu'ils n'avaient plus rien à craindre, ils entrèrent dans la maison du vieux, et dans chaque recoin, ils trouvèrent des coffres remplis de perles et de pierres précieuses. « C'est encore mieux que des cailloux », dit Gretel, en s'en remplissant les poches tant qu'elle pouvait. Et Hansel ajouta : « Moi aussi je vais en rapporter à la maison », et il remplit à son tour son tablier. « Partons, maintenant, dit Gretel, quittons cette forêt maléfique. » Au bout de quelques heures de marche, ils parvinrent à un immense lac. « Nous ne pouvons pas passer, dit Gretel. Je ne vois pas de pont.

– Oui, et il n'y a pas de bateau non plus, répondit Hansel. Mais regarde, voilà un canard blanc qui arrive à la nage, si je le lui demande, il nous aidera à traverser. » Et il appela : « Nous sommes deux petits enfants bien affligés, qui ne voient ni pont ni barque. Porte-nous sur ta blanche échine, et fais-nous traverser, coin coin ! »

Le canard s'approcha, et Gretel monta sur son dos. Elle pria son petit frère de s'asseoir derrière elle. « Non, répondit Hansel, nous serions bien trop lourds pour le canard, il nous fera traverser séparément. » Le brave oiseau fit ainsi. Rendus sains et saufs sur l'autre rive, les enfants poursuivirent leur chemin un moment, puis la forêt leur sembla de plus en plus familière, et enfin ils aperçurent au loin la maison de leur mère. Alors ils se mirent à courir, se précipitèrent à l'intérieur et lui sautèrent au cou. Depuis qu'elle les avait abandonnés dans les bois, la mère n'avait plus eu une minute de joie. Quant au mari, il était mort. Hansel secoua son tablier et fit rouler les perles et les pierres précieuses dans toute la pièce, tandis que Gretel vidait ses poches par poignées entières. C'est ainsi que tous leurs ennuis prirent fin, et qu'ils vécurent heureux à jamais.

Mon histoire est terminée. Regardez ! La petite souris qui court : celle qui l'attrapera pourra s'en faire une belle casquette fourrée.

Monsieur Raiponce

Il était une fois une femme et son mari qui étaient bien malheureux car ils n'avaient pas d'enfants. Ces braves gens possédaient à l'arrière de leur maison une petite fenêtre qui donnait sur un merveilleux jardin regorgeant de toutes sortes de jolies fleurs et de beaux légumes. Mais ce jardin était entouré d'un haut mur, et personne n'osait y entrer, car il appartenait à un puissant sorcier que tous craignaient. Un jour, l'homme se tenait à la fenêtre donnant sur le jardin et aperçut une platebande où poussaient de magnifiques raiponces : les feuilles semblaient si vertes et si fraîches qu'il eut grande envie d'en manger. Ce désir grandissait de jour en jour, et précisément parce qu'il savait qu'elles lui étaient interdites, il dépérissait, pâlissait et devenait chaque jour plus misérable. Alors son épouse prit peur et lui demanda :

« Dis-moi ce qui te fait souffrir, mon cher mari !

– Hélas, répondit-il, si je ne peux manger de ces raiponces qui poussent dans le jardin derrière notre maison, je mourrai, c'est certain. »

La femme, qui l'aimait tendrement, se dit : « Allons ! Plutôt que de laisser mourir ton mari, tu dois coûte que coûte aller lui chercher des raiponces. » À la nuit tombée, elle escalada donc le mur pour gagner le jardin du sorcier, se hâta de cueillir une poignée de feuilles de raiponces et les rapporta à son mari. Il se prépara une salade, si délicieuse que son envie de ce mets interdit devint plus grande que jamais. Une seule chose pouvait lui rendre sa tranquillité d'esprit et pour cela, sa femme devait escalader une fois encore le mur du jardin pour lui en rapporter davantage. Elle y retourna donc à la nuit tombée, mais sitôt qu'elle eut atterri de l'autre côté du mur, elle battit en retraite, terrorisée, car voilà que se tenait devant elle le vieux sorcier.

« Comment oses-tu pénétrer dans mon jardin et me voler mes raiponces comme une vulgaire voleuse ? gronda-t-il, le regard courroucé. Tu vas payer cette témérité.

– Hélas, implora-t-elle, pardonnez mon audace. Je ne l'ai fait que par nécessité. Mon mari a vu vos raiponces de sa fenêtre, et en a conçu une telle envie qu'il serait certainement mort si son désir n'avait pas été exaucé. » À ces mots, le sorcier se radoucit un peu, avant de lui tenir ce discours :

« Si ce que tu dis est vrai, emporte autant de raiponces que tu le souhaites, mais à une seule condition : tu devras me donner l'enfant que ton mari et toi mettrez bientôt au monde. Il sera bien traité, je veillerai sur lui comme un père. »

La femme, dans sa terreur, acquiesça à tout, et dès que l'enfant fut né, le sorcier apparut. Il le baptisa Raiponce – comme la plante – et l'emmena avec lui.

Raiponce était le plus bel enfant qu'on eût jamais vu. Quand il eut douze ans, le sorcier l'enferma dans une tour, au milieu d'une vaste forêt. La tour n'avait ni porte ni escalier, seulement une petite fenêtre qui s'ouvrait tout en haut. Quand le vieux sorcier voulait entrer, il se tenait au pied de la tour et appelait :

« Raiponce, Raiponce, lance-moi ta barbe dorée », car Raiponce avait une splendide et longue barbe, aussi fine que de l'or filé. Quand la voix du sorcier lui parvenait, il défaisait sa tresse et laissait tomber sa barbe par la fenêtre, vingt pieds plus bas, et le vieux sorcier s'en servait pour grimper jusqu'à lui.

Plusieurs années passèrent ainsi, jusqu'au jour où une princesse qui chevauchait dans la forêt vint à passer près de la tour. En s'approchant, elle entendit un chant si mélodieux qu'elle en fut ensorcelée, et s'arrêta pour écouter. C'était Raiponce, qui dans sa solitude essayait de passer le temps en faisant résonner sa douce voix dans la forêt. La Princesse brûlait de voir à qui appartenait cette voix, sans parvenir à trouver une porte à la tour. Elle rentra chez elle, mais ce chant l'obsédait tant qu'elle retournait chaque jour dans la forêt pour l'écouter. Une fois, alors qu'elle se tenait sous un arbre, elle vit le vieux sorcier approcher et l'entendit appeler :

« Raiponce, Raiponce, lance-moi ta barbe dorée. »

Alors Raiponce laissa tomber sa tresse et le sorcier grimpa.

« Ainsi voilà donc l'escalier ? dit la Princesse. Dans ce cas, j'y grimperai moi aussi et tenterai ma chance. »

Alors le jour suivant, au crépuscule, elle se rendit au pied de la tour et cria :

« Raiponce, Raiponce, lance-moi ta barbe dorée. » Dès qu'il eut laissé tomber sa barbe, la Princesse escalada la tour.

Au début Raiponce fut horriblement effrayé de voir entrer une femme, car il n'en avait encore jamais vu. Mais la Princesse lui parla avec beaucoup de douceur et lui dit que son chant l'avait touchée en plein cœur, au point qu'elle devait absolument le rencontrer pour retrouver sa tranquillité d'esprit. Raiponce oublia bien vite sa frayeur, et quand elle lui demanda de l'épouser, il consentit aussitôt. « Car, songea-t-il, elle est jeune et belle, et je serai certainement plus heureux avec elle qu'avec le vieux sorcier. » Il mit sa main dans la sienne et dit :

« Oui, j'accepte de vous suivre, seulement comment vais-je descendre ? Chaque fois que vous me rendrez visite, apportez-moi un écheveau de soie, et j'en ferai une échelle. Quand elle sera prête, je descendrai pour que vous m'emportiez sur votre cheval. »

Ils convinrent qu'elle viendrait à lui tous les soirs, jusqu'à ce que l'échelle soit prête, car le sorcier n'était là que le jour. Et le vieux n'en aurait rien su si Raiponce n'avait pas eu un jour ces paroles malheureuses :

« Comment se fait-il, mon gentil père, que vous soyez tellement plus lourd à soulever que la jeune Princesse ? Elle me rejoint toujours prestement.

– Oh ! Maudit enfant, s'écria le sorcier. Qu'entends-je ? Je pensais t'avoir caché bien à l'abri du monde et malgré cela tu as réussi à me duper ! » Dans sa colère, il attrapa la belle barbe de Raiponce, l'enroula tout autour de sa main gauche, puis attrapant une paire de ciseaux, *clic, clac,* la voilà coupée, et la superbe tresse gisait au sol. Pire encore, sa méchanceté était telle qu'il emmena Raiponce dans une contrée désertique et isolée, où il l'abandonna à une vie de solitude et de souffrance.

Le soir même où Raiponce fut banni, le sorcier suspendit la tresse à un crochet à la fenêtre, et quand la Princesse arriva et appela : « Raiponce, Raiponce, lance-moi ta barbe dorée ! », il la fit tomber, et la Princesse grimpa comme à son habitude, sauf qu'à la place de son cher Raiponce elle trouva le vieux sorcier qui la foudroya de son regard mauvais, et s'écria en ricanant :

« Ah ! Ah ! tu croyais trouver ton bien-aimé, mais le bel oiseau a quitté le nid et son chant s'est tu ; le chat l'a attrapé, et il t'arrachera les yeux à toi aussi. Raiponce est perdu pour toi, tu ne le reverras plus jamais. »

La Princesse était folle de douleur, et dans son désespoir, elle se jeta aussitôt du haut de la tour. Elle survécut, mais les ronces dans lesquelles elle avait atterri lui crevèrent les yeux. Elle erra dans la forêt, aveugle et misérable, ne mangeant que des racines et des baies, se lamentant et pleurant la perte de son cher promis.

Elle vagabonda ainsi pendant quelques années, aussi triste et malheureuse qu'on puisse l'être, et arriva enfin dans la contrée déserte où vivait Raiponce. Soudain, elle entendit une voix qui lui parut étrangement familière. Elle se hâta dans la direction du bruit, et quand elle fut assez près, Raiponce la reconnut et se jeta à son cou en sanglotant. Deux de ses larmes tombèrent dans les yeux de la Princesse et, en un instant, ils s'ouvrirent et elle recouvra la vue qu'elle avait perdue. Elle l'emmena alors dans son reinaume, où ils furent accueillis avec beaucoup de joie, et vécurent heureux jusqu'à la fin de leurs jours.

Blanc-Flocon

Il était une fois, au cœur de l'hiver, quand les flocons de neige tombaient comme des plumes sur la Terre, un Roi qui cousait, assis à une fenêtre encadrée de bois d'ébène. Tandis qu'il travaillait à son ouvrage en regardant le paysage sous son blanc manteau, il se piqua le doigt avec son aiguille, et trois gouttes de sang tombèrent sur la neige au-dehors. En voyant le rouge se détacher si joliment sur le blanc, le Roi se dit en lui-même : « Oh, que ne donnerais-je pas pour avoir un enfant aussi blanc que la neige, aussi vermeil que le sang, aussi noir que l'ébène ! »

Son souhait fut exaucé, car il eut bientôt un fils, un petit garçon, à la peau aussi blanche que la neige, aux lèvres et aux joues aussi vermeilles que le sang et aux cheveux aussi noirs que l'ébène. On l'appela Blanc-Flocon, mais le Roi mourut peu de temps après sa naissance.

Au bout d'un an, la Reine se remaria. Son nouvel époux était un homme fort bien de sa personne, mais il était si orgueilleux et autoritaire qu'il ne tolérait aucun rival à sa beauté. Il possédait un miroir magique, auquel il demandait en contemplant son reflet :

« Miroir, Miroir, toi qui sais tout, qui est le plus beau en ce pays ? » Le Miroir lui répondait inlassablement : « Mon Seigneur, vous êtes incontestablement le plus beau en ce pays. » Cette réponse satisfaisait le Roi, car il savait que son Miroir disait toujours la vérité.

Mais Blanc-Flocon devenait de plus en plus charmant, et quand il eut sept ans il était beau comme un ange, plus beau que le Roi lui-même. Un jour que le Roi interrogeait comme à son habitude son Miroir, celui-ci lui répondit :

« Mon Seigneur, vous êtes certes beau, mais Blanc-Flocon est mille fois plus beau. » Le Roi devint rouge de colère puis, dans sa jalousie, passa par toutes les nuances de vert. À compter de cet instant, sa haine se répandit comme un poison, et chaque jour, sa rage et sa méchanceté grandissaient car l'envie étouffe les cœurs comme de la mauvaise herbe. Bientôt il fut incapable de supporter plus longtemps la présence de Blanc-Flocon. Alors il appela une Chasseuse et lui dit :

« Emmène l'enfant dans la forêt, que je ne voie plus jamais son visage ! Tu le tueras et me ramèneras ses poumons et son foie, ainsi je saurai avec certitude qu'il est mort. »

La Chasseuse fit ce que le Roi lui avait demandé et conduisit Blanc-Flocon dans la forêt, mais alors qu'elle levait son couteau pour lui ôter la vie, le garçon fondit en larmes :

« Ah, gentille Chasseuse, laisse-moi la vie sauve, et sois sûre que je disparaîtrai dans les bois et ne reviendrai jamais. »

Et parce qu'il était si jeune et si joli, la Chasseuse eut pitié de lui et dit : « Dans ce cas, sauve-toi vite, mon enfant ! », tout en songeant : « Les bêtes sauvages auront tôt fait de le dévorer. » Mais elle avait le cœur moins lourd à présent qu'elle n'avait plus à s'acquitter de son sinistre devoir. Ensuite elle tira un marcassin qui passait par là et apporta ses poumons et son foie au Roi en guise de preuves. Le méchant homme les dévora juste cuits avec un peu de sel, bien trop heureux de s'être débarrassé de son beau-fils.

Livré à lui-même dans la vaste forêt, le pauvre enfant trouvait aux arbres alentour un air maléfique, et il était si apeuré qu'il ne savait que faire. Alors il prit ses jambes à son cou, se blessant à cause des pierres pointues et des ronces, frôlant au passage des bêtes sauvages qui ne lui firent aucun mal. Il courut tant que ses jambes pouvaient le porter, et la nuit était déjà en train de tomber quand il vit une maisonnette où il entra pour se reposer. Tout était minuscule dans ce petit logis qui était en outre plus propret qu'on ne saurait dire. Il y avait au milieu de la pièce une petite table recouverte d'une nappe blanche sur laquelle on avait disposé avec soin sept petites assiettes, chacune assortie de sa petite fourchette, de son petit couteau et de son petit gobelet. Sept petits lits étaient alignés contre un mur, avec leurs sept courtepointes blanches comme neige. Blanc-Flocon avait très faim et très soif, il prit donc une bouchée de chaque petit pain et mangea un peu de porridge dans chaque assiette, puis il but une goutte de vin dans chaque gobelet. Comme il était fatigué, il s'allongea sur un lit et le trouvant trop dur il les essaya tous, mais ils étaient soit trop petits, soit trop grands, et ce n'est que lorsque Blanc-Flocon testa le septième lit qu'il s'y trouva parfaitement à son aise. Il se coucha donc, dit ses prières car c'était un gentil garçon, et s'assoupit rapidement.

Il faisait nuit noire quand les maîtresses des lieux rentrèrent chez elles. Il s'agissait de sept Naines qui travaillaient au fond d'une mine creusée dans la montagne. Elles allumèrent leurs sept petites lampes et leurs yeux ne s'étaient pas plus tôt accoutumés à la lumière qu'elles virent que quelqu'un était entré dans la pièce, car rien n'était comme elles l'avaient laissé.

« Qui s'est assis sur ma petite chaise ? demanda la première.

– Qui a pris une bouchée de mon petit pain ? demanda la deuxième.

– Qui a touché à mon porridge ? demanda la troisième.

– Qui a mangé dans ma petite assiette ? demanda la quatrième.

– Qui a utilisé ma petite fourchette ? demanda la cinquième.

– Qui a coupé avec mon petit couteau ? demanda la sixième.

– Qui a bu dans mon petit gobelet ? » demanda enfin la septième.

En balayant la pièce du regard, la première Naine s'aperçut qu'il y avait un petit creux au milieu de sa couche et elle demanda :

« Qui s'est allongé sur mon lit ? »

Les autres accoururent et s'écrièrent en chœur :

« Quelqu'un s'est aussi couché dans notre lit ! »

Mais quand la septième Naine s'approcha du sien, elle fit un bond en arrière en voyant Blanc-Flocon endormi. Elle appela alors les six autres, qui brandirent leurs petites lampes pour éclairer le lit et manquèrent de s'évanouir quand elles virent à leur tour le jeune garçon.

« Bonté du Ciel ! s'exclamèrent-elles. Quel bel enfant que voilà ! »

Elles n'osèrent pas le réveiller tant elles étaient éblouies. La septième Naine dormit avec ses compagnes, une heure dans chaque lit, et de cette manière elle parvint à passer la nuit.

Le lendemain matin, lorsque Blanc-Flocon se réveilla, il prit peur en voyant les sept Naines. Mais elles se montrèrent si prévenantes et elles lui demandèrent comment il s'appelait avec une si grande douceur qu'il répondit :

« Mon nom est Blanc-Flocon.

– Comment es-tu venu dans notre maison ? » s'enquirent les Naines.

Alors il leur raconta que son beau-père avait voulu le faire mettre à mort, mais que la Chasseuse lui avait laissé la vie sauve et qu'il avait couru tout le jour jusqu'à ce qu'il arrive chez elles. Après avoir écouté le récit de ses malheurs, les Naines lui demandèrent : « Accepterais-tu de rester et de tenir notre logis ? De faire la cuisine, les lits, la lessive, la couture et le tricot ? Si tu t'acquittes correctement de ces tâches, tu ne manqueras de rien.

– Oui, répondit Blanc-Flocon, je ferai tout ce que vous voudrez. »

Et il s'installa donc chez elles. Tous les matins, les Naines allaient chercher de l'or dans la montagne, et quand elles rentraient le soir,

Blanc-Flocon avait déjà préparé le souper. Le garçon restait seul toute la journée, de sorte que les gentilles Naines le mirent en garde : « Méfie-toi de ton beau-père, bientôt il saura que tu vis ici. Quoi qu'il arrive, ne laisse entrer personne dans cette maison. »

Croyant avoir mangé les poumons et le foie de Blanc-Flocon, le Roi était de nouveau certain d'être le plus bel homme du monde. Un jour qu'il se tenait devant son Miroir, il demanda : « Miroir, Miroir, toi qui sais tout, qui est le plus beau en ce pays ? » Alors le Miroir répondit :

« Mon Seigneur, vous êtes certes beau, mais Blanc-Flocon est mille fois plus beau que vous. Oui, Blanc-Flocon, qui vit avec les sept petites femmes, est de loin le plus beau. »

À ces mots, le Roi faillit s'étrangler car le miroir disait toujours la vérité ; il comprit que la Chasseuse lui avait menti et que Blanc-Flocon était encore en vie. Il réfléchit nuit et jour à un moyen de le détruire, car aussi longtemps qu'il aurait un rival, son cœur jaloux ne lui laisserait point de repos. Ayant enfin trouvé un stratagème, il se rendit méconnaissable en se barbouillant le visage et en s'habillant comme un vieux colporteur. Sous cette apparence, il traversa ensuite les sept collines et arriva à la maison des sept Naines.

Il frappa à leur porte en appelant : « Jolis, jolis, mes articles ! N'a-t-on rien vu de plus joli ? »

Blanc-Flocon regarda à la fenêtre et cria : « Bonjour, petit père, qu'est-ce que vous vendez, là ?

– Rien que du bon, rien que du beau ! répondit-il. Des lacets en veux-tu en voilà, et de toutes les couleurs ! » Il lui en tendit un tissé de soie grise.

« Je ne crains rien à laisser entrer ce brave homme », songea Blanc-Flocon. Il ouvrit donc la porte et acheta le joli lacet.

« Bonté divine ! Quelle drôle d'allure tu as, mon enfant ! Approche ! Je vais te lacer comme il faut. »

Blanc-Flocon s'avança innocemment et laissa le vieil homme lui mettre le nouveau lacet, mais il le laça si vite et serra si fort que Blanc-Flocon ne put plus respirer et tomba sans vie.

« On verra bien qui est le plus beau, à présent ! » siffla le méchant homme, puis il partit sur-le-champ.

Le soir venu, les sept Naines rentrèrent chez elles. Vous pouvez imaginer leur frayeur quand elles virent leur cher Blanc-Flocon gisant au sol, aussi inerte et immobile qu'un cadavre. Elles le soulevèrent avec délicatesse, et en le voyant sanglé si serré, elles coupèrent le lacet ; Blanc-Flocon respira faiblement et revint petit à petit à la vie. Quand les Naines apprirent ce qui était arrivé, elles dirent :

« Le vieux colporteur n'était autre que le méchant Roi, cela ne fait aucun doute. À l'avenir, si nous ne sommes pas à la maison, ne laisse entrer personne. »

Dès que le méchant Roi rentra au château, il alla consulter son Miroir : « Miroir, Miroir, toi qui sais tout, qui est le plus beau en ce pays ? » Le Miroir lui répéta ce qu'il lui avait déjà dit : « Mon Seigneur, vous êtes certes beau, mais Blanc-Flocon est mille fois plus beau que vous. Oui, Blanc-Flocon, qui vit avec les sept petites femmes, est de loin le plus beau. » À ces mots le Roi blêmit, car il sut aussitôt que Blanc-Flocon était en vie.

« Cette fois, pensa-t-il, tu ne m'échapperas pas. »

Et grâce à la sorcellerie qu'il connaissait si bien, il confectionna un peigne empoisonné ; puis il prit les traits d'un autre vieillard et traversa les sept collines. Quand il fut arrivé à la maison des sept Naines, il tapa à leur porte en criant : « Beaux articles à vendre ! »

Blanc-Flocon regarda à la fenêtre et dit :

« Vous devez partir car je n'ai pas le droit de vous ouvrir.

– Mais rien ne t'interdit de jeter un coup d'œil, n'est-ce pas ? » demanda le vieil homme en lui tendant le peigne empoisonné.

Celui-ci plut tant au garçon qu'il tomba dans le piège et ouvrit la porte. Une fois qu'ils eurent fait affaire, le vieillard lui dit :

« À présent, je vais te coiffer comme il faut, tu en as bien besoin. »

Le malheureux ne se méfia pas, et sitôt que le peigne effleura ses cheveux, le poison fit son œuvre et Blanc-Flocon s'évanouit.

« Très cher, cette fois tu es cuit ! » ricana le méchant homme avant de s'en retourner promptement chez lui.

Par chance, c'était la fin de la journée et les sept Naines rentrèrent bientôt chez elles. Quand elles virent Blanc-Flocon gisant au sol, elles craignirent un mauvais tour du méchant beau-père ; alors elles découvrirent le peigne empoisonné et dès qu'elles le lui retirèrent des cheveux, Blanc-Flocon reprit connaissance et leur raconta ce qui s'était passé. Les Naines le mirent une fois de plus en garde et le supplièrent de ne plus ouvrir à personne.

Dès que le Roi rentra au château, il alla consulter son Miroir :

« Miroir, Miroir, toi qui sais tout, dis-moi qui est le plus beau en ce pays ? ». Le Miroir lui répondit une fois encore :

« Seigneur, vous êtes incontestablement très beau, mais Blanc-Flocon l'est encore plus. Oui, Blanc-Flocon, qui vit avec les sept petites femmes, est de loin le plus beau. » À ces mots, le Roi devint fou de rage.

« Blanc-Flocon mourra, hurla-t-il, dussé-je en perdre la vie ! »

Il alla s'enfermer dans un petit cabinet dont il était le seul à connaître l'existence, et prépara une pomme empoisonnée. C'était une belle pomme, rouge à souhait et fort appétissante, mais quiconque en mangerait un morceau tomberait aussitôt raide mort. Quand la pomme fut terminée il se grima en paysan, puis traversa les sept collines jusqu'à la maison des sept Naines. Il frappa à la porte, comme d'ordinaire, mais Blanc-Flocon passa la tête par la fenêtre et lui cria :

« Je n'ai pas le droit de vous ouvrir, les sept Naines me l'ont interdit !

– Aurais-tu peur qu'on t'empoisonne ? demanda le vieillard. Vois, je coupe cette pomme en deux. Je mangerai la moitié blanche, et toi, la moitié rouge. »

Mais cette pomme était si maléfique que seule la partie rouge était empoisonnée. Blanc-Flocon avait envie de manger ce fruit alléchant. Quand il vit que le paysan croquait à pleines dents dans sa moitié, il ne put résister plus longtemps et, tendant la main, accepta l'autre moitié empoisonnée. Mais à peine l'eut-il portée

à ses lèvres qu'il tomba mort sur le sol. Alors les yeux du cruel Roi s'allumèrent d'une joie mauvaise et il rit aux éclats :

« Blanc comme la neige, vermeil comme le sang, noir comme l'ébène, cette fois même les Naines ne pourront plus rien pour toi ! »

Dès qu'il fut au château, il demanda au Miroir :

« Miroir, Miroir, toi qui sais tout, qui est le plus beau en ce pays ? » Cette fois-ci, le Miroir lui répondit :

« Vous êtes le plus beau, mon Seigneur, personne en ce pays n'est plus beau que vous. » Son cœur jaloux était enfin apaisé – du moins autant que peut l'être un cœur jaloux.

En rentrant chez elles ce soir-là, les sept Naines trouvèrent Blanc-Flocon gisant par terre, et il ne respirait ni ne bougeait. Elles le soulevèrent, cherchèrent partout par quoi il avait été empoisonné, délacèrent sa blouse, lui peignèrent les cheveux, le lavèrent avec de l'eau et du vin, mais rien n'y fit : l'enfant était bel et bien mort. Elles le mirent sur une civière autour de laquelle elles s'assirent et sanglotèrent trois jours entiers. Et seulement alors se résignèrent-elles à l'enterrer, mais il avait le teint si frais et les joues si roses, qu'elles dirent : « Nous ne pouvons pas l'ensevelir sous la terre noire. »

Elles fabriquèrent donc un cercueil de verre, couchèrent Blanc-Flocon à l'intérieur, puis écrivirent en lettres d'or sur le couvercle qu'il était un prince de sang royal. Ensuite elles transportèrent le cercueil tout en haut de la montagne, où elles se relayaient pour le veiller. Mêmes les oiseaux des cieux vinrent pleurer la mort de Blanc-Flocon, d'abord une chouette, ensuite un corbeau, puis une petite colombe.

Blanc-Flocon resta longtemps étendu dans son cercueil, et il semblait ne jamais changer, comme s'il était simplement endormi, toujours aussi blanc que la neige, aussi vermeil que le sang, ses cheveux aussi noirs que l'ébène.

Un jour, une princesse qui traversait la forêt et passait devant la maison des sept Naines vit le cercueil sur la montagne, et le beau Blanc-Flocon à l'intérieur. Après avoir lu l'inscription en lettres d'or, elle dit à la Naine :

« Il me faut ce cercueil. Je vous donnerai ce que vous voudrez en échange. »

Mais la Naine répondit : « Non, nous ne vous le cèderons pas pour tout l'or du monde.

– Dans ce cas, répondit la Princesse, faites-m'en présent car je ne peux vivre sans Blanc-Flocon. Je le chérirai et l'aimerai comme mon bien le plus précieux. »

Elle avait prononcé ces mots d'une voix si triste que les gentilles Naines eurent pitié d'elle, et lui donnèrent le cercueil. La Princesse ordonna à ses servantes de le soulever sur leurs épaules et de l'emporter. Comme elles descendaient ainsi la montagne, elles se prirent les pieds dans un buisson et le cercueil en fut tant secoué que le morceau de pomme empoisonnée sortit d'un coup d'un seul de la gorge de Blanc-Flocon. Il ouvrit lentement les yeux, souleva le couvercle du cercueil et s'assit. Il avait l'air de se porter comme un charme.

« Oh ! mais où suis-je ? s'écria-t-il.

– Vous êtes avec moi ! » répondit la Princesse au comble de la joie. Elle lui raconta ce qui s'était passé et ajouta : « Je vous aime plus que tout au monde. Accepteriez-vous de venir avec moi dans le palais de ma mère et d'être mon époux ? »

Blanc-Flocon consentit et s'en alla avec elle, et leur mariage fut célébré en grande pompe.

On invita le cruel beau-père de Blanc-Flocon à la noce. Quand il eut revêtu ses plus beaux atours, il alla devant son Miroir et demanda :

« Miroir, Miroir, toi qui sais tout, qui est le plus beau en ce pays ? » Et le miroir répondit :

« Mon Seigneur, vous êtes certes beau, mais Blanc-Flocon est mille fois plus beau. » Alors le méchant homme poussa un formidable juron, furieux et mortifié au-delà des mots. D'abord, il ne voulut plus aller à la noce, mais il savait aussi qu'il ne connaîtrait point de bonheur tant qu'il n'aurait pas vu le jeune Roi. Lorsqu'il entra, Blanc-Flocon le reconnut et faillit s'évanouir de terreur. Mais on avait préparé pour le vieux Roi cruel des souliers de fer chauffés au rouge ; il reçut ordre de les enfiler et de danser, ainsi chaussé, jusqu'à ce que mort s'ensuive.

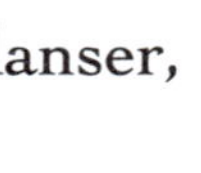

Le Petit Chaperon rouge

Il était une fois un petit garçon de village, le plus joli qu'on eût jamais vu. Son père en était fou, et son grand-père plus fou encore. Ce brave homme lui fit faire un petit chaperon rouge qui lui seyait si bien que partout on l'appelait le petit Chaperon rouge.

Un jour, son père ayant fait des galettes, lui dit : « Va voir comment se porte ton père-grand, car on m'a dit qu'il était malade. Porte-lui une galette et ce petit pot de beurre. » Le petit Chaperon rouge partit aussitôt pour aller chez son père-grand, qui habitait dans un autre village.

En passant dans un bois, il rencontra commère la Louve, qui eut bien envie de le manger ; mais elle n'osa pas, à cause d'une bûcheronne qui était dans la forêt. Elle lui demanda où il allait. Le pauvre enfant, qui ne savait pas qu'il était dangereux de s'arrêter pour écouter une louve, lui dit : « Je vais voir mon père-grand, pour lui porter une galette et un petit pot de beurre que mon père lui envoie.

– Demeure-t-il bien loin ? lui dit la Louve.

– Oh ! oui, répondit le petit Chaperon rouge ; c'est par-delà le moulin que vous voyez tout là-bas, à la première maison du village.

– Eh bien ! s'exclama la Louve, je veux aller le voir, moi aussi : je m'en vais par ce chemin-ci, et toi par ce chemin-là ; et nous verrons qui de nous deux arrivera le premier. »

La Louve se mit à courir de toutes ses forces par le chemin le plus court, et le petit garçon s'en alla par le chemin le plus long, s'amusant à ramasser des noisettes, à courir après les papillons, et à faire des bouquets avec les petites fleurs qu'il trouvait.

La Louve ne tarda pas à arriver à la maison du père-grand ; elle frappa à sa porte : *toc, toc*. « Qui est là ?

– C'est votre petit-fils, le petit Chaperon rouge, dit la Louve en contrefaisant sa voix, qui vous apporte une galette et un petit pot de beurre que mon père vous envoie. »

Le bon père-grand, qui était dans son lit, parce qu'il se trouvait un peu mal, lui cria : « Tire la chevillette, la bobinette cherra. » La Louve tira alors la chevillette, et la porte s'ouvrit. Elle se jeta sur le bonhomme et n'en fit qu'une bouchée, car il y avait plus de trois jours qu'elle n'avait pas mangé.

Ensuite elle ferma la porte et alla se coucher dans le lit du père-grand, en attendant le petit Chaperon rouge, qui, peu de temps après, vint frapper à la porte : *toc, toc*. « Qui est là ? » Le petit Chaperon rouge, qui entendit la grosse voix de la Louve, eut peur d'abord, mais, croyant que son père-grand était enrhumé, répondit : « C'est votre petit-fils, le petit Chaperon rouge, qui vous apporte une galette et un petit pot de beurre que mon

père vous envoie. »
La Louve lui cria
en adoucissant sa voix : « Tire la
chevillette, la bobinette cherra. » Le petit
Chaperon rouge tira alors la chevillette, et la porte
s'ouvrit.

La Louve, en le voyant entrer, lui dit en se cachant sous les couvertures : « Mets la galette et le petit pot de beurre sur la huche et viens te coucher avec moi. » Le petit Chaperon rouge se déshabilla et alla se mettre dans le lit, où il fut bien étonné de voir à quoi ressemblait son grand-père en déshabillé. Il lui dit : « Mon père-grand, que vous avez de grands bras !

– C'est pour mieux t'embrasser, mon petit !

– Mon père-grand, que vous avez de grandes jambes !

– C'est pour mieux courir, mon enfant !

– Mon père-grand, que vous avez de grandes oreilles !

– C'est pour mieux écouter, mon enfant !

– Mon père-grand, que vous avez de grands yeux !

– C'est pour mieux te voir, mon enfant !

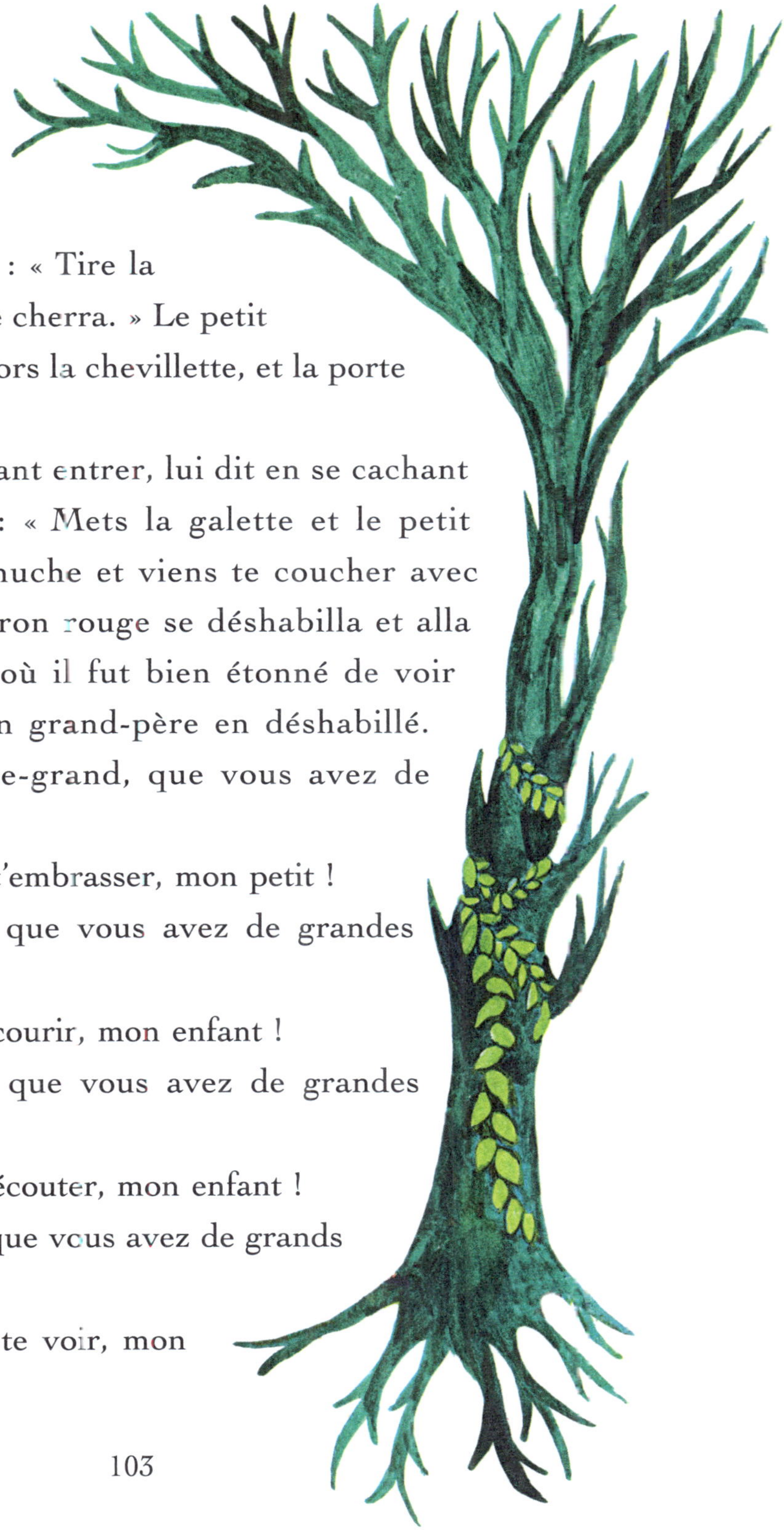

– Mon père-grand, que vous avez de grandes dents !

– C'est pour mieux te manger ! »

Et, en disant ces mots, la méchante Louve se jeta sur le petit Chaperon rouge, et le mangea.

Le Bel au Bois Dormant

Il était une fois une Reine et un Roi, qui étaient si fâchés de n'avoir pas d'enfants, si fâchés qu'on ne saurait le dire. Ils allèrent à toutes les eaux du monde : vœux, pèlerinages, tout fut mis en œuvre, et rien n'y faisait.

Enfin pourtant le Roi eut un fils. On fit un beau baptême, et on donna pour parrains au petit Prince tous les gentils Fées qu'on put trouver dans le reinaume (il s'en trouva sept), afin que, chacun d'eux lui faisant un don, comme c'était la coutume des fées en ce temps-là, le Prince eût toutes les perfections imaginables.

Après la cérémonie du baptême, toute la compagnie revint au palais de la Reine, où il y avait un grand festin pour les Fées. On mit devant chacun d'eux un couvert magnifique, avec un étui d'or massif, où il y avait une cuiller, une fourchette et un couteau d'or fin, garnis de diamants et de rubis. Mais, alors que chacun prenait sa place à table, on vit entrer un vieux Fée qu'on n'avait pas invité, car il y avait plus de cinquante ans qu'il n'était sorti de sa tour et qu'on le croyait mort ou enchanté.

La Reine lui fit donner un couvert, mais il n'y eut pas moyen de lui trouver un étui d'or massif, comme aux autres, parce que l'on n'en avait fait faire que sept pour les sept parrains Fées.

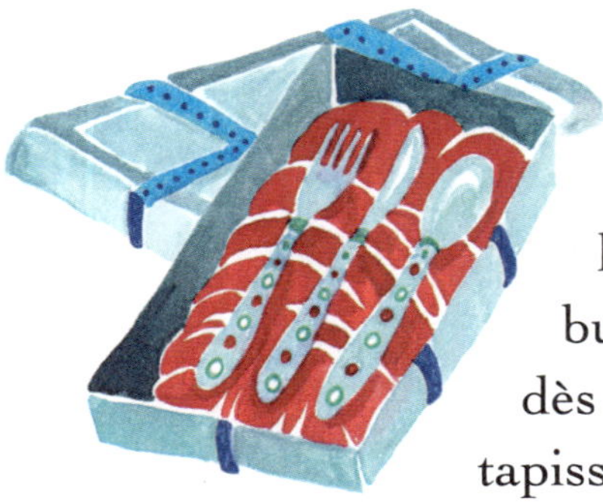

Le vieux crut qu'on le méprisait et grommela quelques menaces entre ses dents. Un des jeunes fées qui se trouvait près de lui l'entendit et, le jugeant capable d'attribuer quelque fâcheux don au petit Prince, alla dès qu'on fut sorti de table se cacher derrière la tapisserie, afin de parler le dernier et de pouvoir réparer autant qu'il lui serait possible le mal que le vieux aurait fait.

Cependant les Fées commencèrent à faire leurs dons au Prince. Le plus jeune lui donna pour don qu'il serait la plus belle personne du monde, le suivant qu'il aurait de l'esprit comme un ange, le troisième qu'il aurait une grâce admirable dans tout ce qu'il ferait, le quatrième qu'il danserait parfaitement bien, le cinquième qu'il chanterait comme un rossignol et le sixième qu'il jouerait de toutes sortes d'instruments à la perfection.

Le tour du vieux étant venu, celui-ci dit, en branlant la tête encore plus de dépit que de vieillesse, que le Prince se percerait la main d'un fuseau, et qu'il en mourrait. Ce terrible don fit frémir toute la compagnie, et il n'y eut personne qui ne pleurât.

À cet instant, le jeune Fée sortit de derrière la tapisserie, et dit tout haut ces paroles :

« Rassurez-vous, Reine et Roi, votre fils n'en mourra pas. Il est vrai que je n'ai pas assez de puissance pour défaire entièrement ce que mon aîné a fait. Le Prince se percera la main d'un fuseau ; mais au lieu d'en mourir, il tombera seulement dans un profond sommeil qui durera cent ans, au bout desquels la fille d'une reine viendra le réveiller. »

La Reine, pour tâcher d'éviter le malheur annoncé par le vieux, fit publier aussitôt un édit, par lequel elle défendait à quiconque de filer au fuseau ou d'avoir des fuseaux chez soi sous peine de mort. Au bout de quinze ou seize ans, la Reine et le Roi étant allés à l'une de leurs maisons de plaisance, il arriva que le jeune Prince courant un jour dans le château, et montant de chambre en chambre, alla jusqu'au haut d'un donjon dans un petit galetas, où un vieillard était seul à filer sa quenouille. Ce brave homme n'avait jamais entendu parler de l'interdiction par la Reine de filer au fuseau.

« Que faites-vous là, mon bon ? dit le Prince.

– Je file, mon bel enfant, lui répondit le vieillard, qui ne le connaissait pas.

– Ah ! que c'est joli ! reprit le Prince. Comment faites-vous ? Donnez-moi, que je voie si je fais aussi bien. »

Il n'eut pas plus tôt pris le fuseau que, comme il était fort vif, un peu étourdi, et que d'ailleurs l'arrêt des Fées l'ordonnait ainsi, il s'en perça la main et tomba évanoui.

Le brave vieux, bien embarrassé, cria au secours : on vint de tous côtés, on jeta de l'eau au visage du Prince, on le délaça, on lui frappa dans les mains, on lui frotta les tempes avec de l'eau du Roi de Hongrie ; mais rien ne le fit revenir.

Alors la Reine, qui avait accouru au bruit, se souvint de la prédiction des Fées, et jugeant qu'il fallait bien que cela arrivât, puisque ces derniers l'avaient dit, fit mettre le Prince dans le plus bel appartement du palais, sur un lit en broderie d'or et d'argent.

On eût dit un ange, tant il était beau ; car son évanouissement n'avait pas ôté les couleurs vives de son teint : ses joues étaient incarnates, et ses lèvres comme du corail ; il avait seulement les yeux fermés, mais on l'entendait respirer doucement, preuve qu'il n'était pas mort. La Reine ordonna qu'on ne le dérangeât pas et qu'on le laissât dormir, jusqu'à ce que son heure de se réveiller fût venue.

Le gentil Fée qui lui avait sauvé la vie en le condamnant à dormir cent ans était dans le reinaume de Mataquin, à douze mille lieues de là, lorsque l'accident arriva au Prince ; mais il en fut averti en un instant par une petite naine qui avait des bottes de sept lieues (c'était des bottes avec lesquelles on faisait sept lieues d'une seule enjambée). Le jeune Fée partit aussitôt, et on le vit au bout d'une heure arriver dans un chariot tout de feu, traîné par des dragonnes.

La Reine lui présenta sa main à la descente du chariot. Il approuva tout ce qu'elle avait fait ; mais comme il était d'une grande prévoyance, il pensa que, quand le Prince viendrait à se réveiller, il serait bien embarrassé tout seul dans ce vieux château. Voici ce qu'il fit : il toucha de sa baguette tout ce qui était dans ce château

(hormis la Reine et le Roi), gouvernants, damoiseaux d'honneur, gentilshommes de chambre, officières, maîtresses d'hôtel et cheffes de cuisine, marmitonnes, aide-cuisinières, gardes, Suissesses, pages et femmes de pied ; il toucha aussi toutes les juments qui étaient dans les écuries, avec les palefrenières, les grosses chiennes de basse-cour, et le petit Pouf, petit chien du Prince, qui était auprès de lui sur son lit.

Dès qu'il les eut touchés, tous s'endormirent pour ne se réveiller qu'en même temps que leur maître, afin d'être tout prêts à le servir quand il en aurait besoin. Les broches mêmes qui étaient au feu toutes pleines de perdrix et de faisans s'endormirent. Tout cela se fit en un instant ; les fées n'étaient pas longs à leur besogne.

Alors la Reine et le Roi, après avoir embrassé leur cher enfant sans le réveiller, sortirent du château, et proclamèrent qu'il était désormais interdit à quiconque de s'en approcher.

Ces défenses n'étaient pas nécessaires, car en un quart d'heure il poussa tout autour du parc une telle quantité de grands arbres et de petits, de ronces et d'épines entrelacées les unes dans les autres, que ni bête ni femme n'aurait pu y passer et qu'on ne voyait plus que le haut des tours du château, et encore n'était-ce que de bien loin. On ne douta point que le jeune Fée n'eût encore fait là un tour de son métier, afin que le Prince, pendant qu'il dormirait, n'eût rien à craindre des curieux.

Au bout de cent ans, la fille de la Reine qui régnait alors, et qui était d'une autre famille que le Prince endormi, étant allée à la chasse de ce côté-là, demanda ce que c'était que ces tours qu'elle voyait au-dessus d'un grand bois fort épais.

Chacun lui répondit selon ce qu'il avait entendu dire. Les uns prétendaient que c'était un vieux château hanté par des esprits.

Les autres que toutes les sorcières et les magiciennes de la contrée y faisaient leur sabbat ou s'y retrouvaient la nuit.

L'opinion la plus répandue était qu'une ogresse y demeurait, et que c'était là qu'elle emportait tous les petits enfants qu'elle parvenait à attraper pour les manger à son aise, sans qu'on puisse la suivre, car elle seule avait le pouvoir de se frayer un passage au travers du bois.

La Princesse restait interdite, ne sachant que croire, lorsqu'une vieille paysanne prit la parole, et lui dit :

« Ma Princesse, il y a plus de cinquante ans que j'ai ouï-dire de ma mère, qui le tenait de mon grand-père, qu'il y avait dans ce château un Prince, le plus beau du monde ; qu'il devait y dormir cent ans, et qu'il serait réveillé par la fille d'une reine, à qui il était réservé. »

La jeune Princesse, à ce discours, se sentit toute de feu ; elle crut sans l'ombre d'une hésitation qu'elle mettrait fin à cette curieuse aventure. Et poussée par l'amour et par la gloire, elle résolut d'aller voir sur-le-champ ce qu'il en était.

À peine s'avança-t-elle vers le bois que tous ces grands arbres, ces ronces et ces épines s'écartèrent d'eux-mêmes pour la laisser passer ; elle marcha vers le château qu'elle voyait au bout d'une grande avenue, où elle entra, et, ce qui la surprit un peu, elle constata qu'aucun de ses gens n'avait pu la suivre, parce que les arbres s'étaient rapprochés juste après son passage. Elle continua malgré tout son chemin : une Princesse jeune et amoureuse est toujours vaillante.

Elle entra dans une grande avant-cour où tout ce qu'elle vit d'abord aurait glacé d'horreur même les plus valeureuses. C'était un silence affreux, l'image de la mort s'y présentait partout, et ce n'étaient que des corps étendus de femmes et d'animaux, qui paraissaient sans vie. Elle reconnut pourtant bien au nez bourgeonné et à la face vermeille des Suissesses qu'elles n'étaient qu'endormies, et leurs tasses où il y avait encore quelques gouttes de vin montraient assez qu'elles s'étaient assoupies en buvant.

Elle passa une grande cour pavée de marbre, monta l'escalier, entra dans la salle des gardes, rangées en haie, la carabine sur l'épaule, et qui ronflaient toutes à qui mieux mieux. Elle traversa plusieurs chambres pleines de dames et de gentilshommes, dormant tous, les uns debout, les autres assis. Enfin elle entra dans une chambre toute dorée, et elle vit sur un lit, dont les rideaux étaient ouverts de tous côtés, le plus beau spectacle qu'elle eût jamais vu : un Prince qui paraissait avoir quinze ou seize ans, et dont l'éclat resplendissant avait quelque chose de lumineux et de divin. Elle s'approcha tremblante et admirative, et s'agenouilla auprès de lui.

Alors, comme la fin de l'enchantement était venue, le Prince s'éveilla et lui dit, en la regardant avec des yeux plus tendres qu'une première vue ne semblait le permettre :

« Est-ce vous, ma Princesse ? Vous vous êtes bien fait attendre. »

La Princesse, charmée de ces paroles, et plus encore de la manière dont elles étaient dites, ne savait comment lui témoigner sa joie et sa reconnaissance ; elle l'assura qu'elle l'aimait plus qu'elle-même.

Leurs discours étaient décousus, ils pleuraient davantage qu'ils ne parlaient : peu d'éloquence, beaucoup d'amour. Elle était plus embarrassée que lui, et l'on ne doit pas s'en étonner ; il avait eu le temps de songer à ce qu'il aurait à lui dire, car il semblerait (l'histoire n'en dit pourtant rien) que le gentil Fée, pendant un si long sommeil, lui avait procuré le plaisir de songes agréables. Enfin il y avait quatre heures qu'ils se parlaient, et ils ne s'étaient pas encore dit la moitié des choses qu'ils avaient à se dire.

Cependant tout le palais s'était réveillé. Chacun songeait à faire sa charge, et comme ils n'étaient pas tous amoureux, ils mouraient de faim. Le premier damoiseau d'honneur, pressé comme les autres, s'impatienta, et dit tout haut au Prince que le souper était servi. La Princesse aida le Prince à se lever. Il était tout habillé et fort magnifiquement, mais elle se garda bien de lui dire qu'il était vêtu comme son père-grand, avec son collet monté : il n'en était pas moins beau et charmant.

Ils passèrent dans un salon de miroirs et y soupèrent, servis par les officières du Prince. Les violonistes et les joueuses de hautbois interprétèrent de vieilles pièces, mais excellentes, quoiqu'il y eût près de cent ans qu'on ne les jouât plus. Et après souper, sans perdre de temps, la grande aumônière les maria dans la chapelle du château, et le damoiseau d'honneur leur tira le rideau. Ils dormirent peu – le Prince n'en avait pas grand besoin –, et la Princesse le quitta dès le matin pour retourner à la ville, où sa mère devait se languir d'elle.

La Princesse raconta à celle-ci qu'en chassant elle s'était perdue dans la forêt, et qu'elle avait couché dans la hutte d'une charbonnière, qui lui avait fait manger du pain noir et du fromage.

La Reine, sa mère, qui était bonne femme, la crut, mais son père ne se laissa point persuader, et voyant qu'elle allait presque tous les jours à la chasse et qu'elle avait toujours une bonne excuse à offrir quand elle avait couché deux ou trois nuits d'affilée dehors, il ne douta plus qu'il n'y eût quelque union, car elle vécut avec le Prince plus de deux années entières, et en eut deux enfants, dont le premier, un fils, fut prénommé Aurore, et le second, une fille, Jour, parce qu'elle paraissait encore plus belle que son frère.

Le Roi parla plusieurs fois à sa fille pour lui faire expliquer comment elle passait son temps : elle se devait de lui répondre, lui dit-il. Mais elle n'osa jamais lui confier son secret. Elle le craignait quoiqu'elle l'aimât, car il était de race ogresse, et la Reine ne l'avait épousé qu'à cause de ses grands biens. On disait même tout bas à la cour qu'il avait les inclinations des ogres, et qu'en voyant passer de petits enfants, il avait toutes les peines du monde à se retenir de se jeter sur eux ; ainsi la Princesse ne voulut jamais rien lui dire.

Mais quand la Reine fut morte, ce qui arriva au bout de deux ans, et qu'elle se vit la maîtresse, elle déclara publiquement son mariage, et alla en grande pompe quérir le Roi son mari dans son château. On lui réserva un accueil magnifique dans la capitale, où il fit son entrée, flanqué de ses deux enfants.

Quelque temps plus tard, la Reine alla faire la guerre à l'impératrice Cantalabutte, sa voisine. Elle laissa la régence du reinaume au Roi son père, et confia son mari et ses enfants à ses bons soins. Elle devait être à la guerre tout l'été et, dès qu'elle fut partie, le Roi père expédia son gendre et ses enfants dans une maison de campagne dans les bois, pour pouvoir plus aisément assouvir son horrible envie.

Il y alla quelques jours après, et dit un soir à sa maîtresse d'hôtel :

« Je veux manger demain à mon dîner le petit Aurore.

– Ah ! Monsieur, s'écria la maîtresse d'hôtel.

– Je le veux, dit le Roi (et il le dit d'un ton d'ogre qui a envie de manger de la chair fraîche), et je le veux manger à la sauce Roberta. »

Cette pauvre femme, voyant bien qu'il ne fallait pas se jouer d'un ogre, prit son grand couteau et monta à la chambre du petit Aurore : il avait alors quatre ans, et vint en sautant et en riant se jeter à son cou et lui demander des bonbons. Elle se mit à pleurer, le couteau lui tomba des mains, et elle alla dans la basse-cour couper la gorge à un petit agneau, et lui fit une si bonne sauce que son maître l'assura qu'il n'avait jamais rien mangé de si bon. Pendant ce temps elle avait emporté le petit Aurore, et l'avait confié à son mari pour le cacher dans le logement qu'elle possédait au fond de la basse-cour.

Huit jours plus tard, le méchant Roi dit à sa maîtresse d'hôtel : « Je veux manger à mon souper la petite Jour. »

Elle ne protesta pas, résolue de le tromper comme l'autre fois ; elle alla chercher la petite Jour, et la trouva avec un petit fleuret à la main, dont elle faisait des armes avec une grosse guenon ; elle n'avait pourtant que trois ans. Elle la porta à son mari qui la cacha dans sa chambre avec son frère, et donna à la place de la petite Jour un petit chevreau fort tendre, que l'ogre trouva admirablement bon.

Jusque-là tout allait fort bien. Mais un soir, ce méchant Roi ogre dit à la maîtresse d'hôtel :

« Je veux manger le Roi à la même sauce que ses enfants. »

Cette fois, la pauvre maîtresse d'hôtel désespéra de pouvoir le tromper. Le jeune Roi avait vingt ans passés, sans compter les cent ans qu'il avait dormi : comment trouver dans la ménagerie une bête à la peau aussi ferme ? Elle prit la résolution, pour sauver sa vie, de couper la gorge au Roi, et monta dans sa chambre avec l'intention de le faire sur le champ. Elle s'excita pour se mettre dans la plus grande rage possible, et entra le poignard à la main dans la chambre du jeune Roi. Elle ne voulut pourtant pas le surprendre, et lui dit avec beaucoup de respect l'ordre qu'elle avait reçu du Roi père.

« Faites votre devoir, lui dit-il, en lui tendant le cou. Exécutez l'ordre qu'on vous a donné ; j'irai revoir mes enfants, mes pauvres enfants que j'ai si tendrement aimés. »

Car il les croyait morts depuis qu'on les avait enlevés sans rien lui dire.

« Non, non, Monsieur, lui répondit la pauvre maîtresse d'hôtel tout attendrie, vous ne mourrez point, et vous reverrez bientôt vos chers enfants, mais ce sera chez moi où je les ai cachés, et je tromperai encore le Roi, en lui faisant manger une jeune biche à votre place. »

Elle le mena aussitôt à sa chambre puis, le laissant embrasser ses enfants et pleurer avec eux, elle alla accommoder une biche que le Roi mangea à son souper, avec le même appétit que si c'eût été le jeune Roi : il était bien content de sa cruauté, et il se préparait à dire à la Reine, à son retour, que les loups enragés avaient mangé le Roi son mari et ses deux enfants.

Un soir qu'il rôdait à son ordinaire dans les cours et basses-cours du château en quête d'une odeur de chair fraîche, il entendit dans une salle basse la petite Jour qui pleurait, parce que le Roi son papa voulait la faire fouetter car elle avait été méchante, et il entendit aussi le petit Aurore qui demandait pardon pour sa sœur.

L'ogre reconnut la voix du jeune Roi et de ses enfants, et, furieux d'avoir été trompé, il commanda dès le lendemain matin (avec une voix épouvantable qui fit trembler tout le monde) qu'on apportât au milieu de la cour une grande cuve, qu'il fit remplir de crapauds, de vipères, de couleuvres et de serpents pour y faire jeter le jeune Roi et ses enfants, ainsi que la maîtresse d'hôtel, son mari et son serviteur : il avait donné ordre de les amener les mains liées derrière le dos.

Ils étaient là, et les bourreaux se préparaient à les jeter dans la cuve, lorsque la Reine, qu'on n'attendait pas si tôt, entra dans la cour à cheval (elle était venue en poste) et demanda, tout étonnée, ce que signifiait cet horrible spectacle.

Personne n'osait l'en instruire quand l'ogre, enragé par ce qu'il voyait, se jeta de lui-même la tête la première dans la cuve, et fut dévoré en un instant par les vilaines bêtes qu'il y avait fait mettre. La Reine ne put que s'en désoler : c'était son père ; mais elle se consola bientôt avec son beau mari et ses jolis enfants.

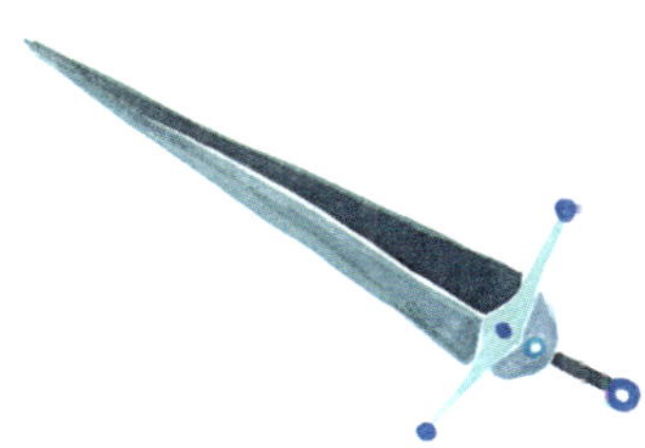

La Naine Tracassine

Il était une fois une pauvre meunière qui avait un fils de toute beauté. Un jour que la Reine la recevait en audience, la meunière chercha à l'impressionner et lui dit que son fils avait le pouvoir de filer la paille pour en tirer du fil d'or. « Voilà un talent fort appréciable, répondit la Reine à la meunière. Si ton fils est aussi doué que tu le prétends, amène-le-moi demain au palais, et nous verrons ce qu'il est capable d'accomplir. » Quand le garçon fut conduit auprès de la Reine, elle le mena dans une pièce remplie de paille, lui donna un rouet et un fuseau et lui dit : « Mets-toi sans plus tarder à l'œuvre. Travaille toute la nuit jusqu'au petit matin, et si d'ici là tu n'as pas filé en or toute cette paille, tu mourras. » Sur ce, elle ferma la porte derrière elle et le laissa seul.

Le malheureux garçon s'assit en se demandant ce qu'il allait bien pouvoir faire. Il ignorait comment on filait la paille en or et n'avait plus que ses yeux pour pleurer. Soudain, la porte s'ouvrit, et entra une naine qui lui dit : « Bonsoir, Monsieur le fils de la meunière. Pourquoi pleures-tu ainsi ?

– Hélas ! répondit le garçon, je dois filer de l'or avec cette paille mais je ne sais pas comment m'y prendre.

– Si je la file à ta place, que me donneras-tu en échange ? demanda la Naine.

– Mon collier », lui proposa-t-il.

La minuscule petite femme prit le collier, s'assit au rouet et fila, fila, fila, le rouet fit trois tours et le fuseau fut plein. Elle en mit un autre et fila, fila, fila, le rouet fit trois tours et le fuseau fut plein ; tant et si bien qu'au petit matin, la paille était toute filée et les fuseaux tous gonflés d'or. Sitôt le soleil levé, la Reine arriva. En voyant tout cet or, elle fut surprise et plus ravie encore, mais son cœur avide ne s'en trouva pas apaisé. Elle fit placer le fils de la meunière dans une autre pièce remplie de paille, plus spacieuse que la précédente. Elle lui dit que s'il tenait à la vie, il devait filer la paille en or avant le lendemain matin. Le garçon ne savait comment s'en sortir, et une fois de plus il fondit en larmes. La porte s'ouvrit et la Naine apparut. Elle lui dit : « Si je file toute cette paille en or à ta place, que me donneras-tu en échange ?

– Cet anneau qui se trouve à mon doigt », répondit le garçon.

Elle prit l'anneau et fila ! Tourne, tourne, le rouet, de sorte que lorsque le jour se leva elle avait changé toute la paille en un or étincelant. La Reine était folle de joie, mais son avidité ne s'en trouva pas pour autant apaisée. Elle fit donc placer le fils de la meunière dans une troisième pièce remplie de paille, plus spacieuse encore que la précédente. Elle lui dit : « Tu as une nuit pour me filer tout ça ; si tu y parviens, tu seras mon époux. »

« Ce n'est que le fils d'une pauvre meunière, pensa-t-elle, mais je ne peux espérer trouver mari plus riche au monde. » Quand le garçon fut seul, la minuscule petite femme apparut pour la troisième fois et lui dit : « Si je file encore cette paille à ta place, que me donneras-tu en échange ?

– Je n'ai plus rien à t'offrir, se lamenta le garçon.

– Dans ce cas, promets-moi, quand tu seras roi, de me donner ton premier enfant. »

« Qui peut dire ce qui se passera d'ici là ? » songea le fils de la meunière ; de plus, il ne voyait pas d'autre moyen de se sortir de ce mauvais pas, alors il lui promit ce qu'elle demandait. Elle se mit une fois de plus au travail et fila toute la paille en or. Le lendemain matin, en voyant que son désir avait été comblé, la Reine épousa sur le champ le jeune homme, et c'est ainsi que le fils de la meunière devint Roi.

Une année passa et il mit au monde une belle petite fille. Le Roi ne pensait plus à la Naine, jusqu'au jour où elle fit irruption dans sa chambre et lui dit : « Maintenant, donne-moi ce que tu m'as promis. » Plus désespéré que jamais, le Roi s'engagea à lui céder toutes les richesses du reinaume si elle acceptait de lui laisser son enfant. Mais elle n'en démordait pas : « Non, un être vivant m'est plus précieux que tous les trésors de ce monde. » En voyant le Roi éclater en sanglots, elle eut cependant pitié et lui dit : « Tu as trois jours pour deviner mon nom, et si tu trouves d'ici là, tu pourras garder ton enfant. »

Pendant la nuit, le Roi passa en revue tous les noms qu'il connaissait et, le lendemain, il envoya une messagère parcourir le pays pour lui rapporter tous ceux qu'elle entendrait. Quand la Naine se présenta le lendemain, il commença par Cassandre, Melchiorine, Bellarosa, avant de poursuivre sa liste, mais à chacun elle répondait : « Ce n'est pas là mon nom. » Le jour suivant, il ordonna à la messagère de s'enquérir des noms des habitantes des provinces voisines et obtint de cette façon quantité de noms aussi bizarres qu'extraordinaires. Ainsi, lorsque la Naine se présenta, lui demanda-t-il : « Est-ce que tu ne t'appellerais pas par hasard Samarapouick, Parmarapouick, Taratapouick ? » Mais elle lui faisait toujours la même réponse : « Non, ce n'est pas là mon nom. » Le troisième jour, la messagère lui dit à son retour : « Je n'ai découvert aucun nouveau nom, toutefois, alors que j'approchais d'une haute colline à la lisière de la forêt, là où les renards et les lièvres se souhaitent bonne nuit, j'ai aperçu une petite maison, et devant cette maison brûlait un feu, et autour de ce feu une grotesque petite femme sautait à cloche-pied en chantonnant :

« Demain je brasse, aujourd'hui je pétris, et alors il sera temps de lui prendre sa fille ; car jamais le Roi ne saura que Tracassine est mon nom à moi ! »

On imagine sans peine la joie du Roi en entendant ces mots. Et quand, un peu plus tard, la Naine se présenta et demanda : « Eh bien, mon bon Roi, quel est mon nom ? », il lui demanda d'abord : « Ne serait-ce pas Concetta ?

– Non.

– S'agit-il de Cunégonde ?

– Non.

– Si ce n'est pas Tracassine, je donne ma langue au chat !

– C'est le Diable qui te l'a dit ! C'est le Diable qui te l'a dit ! » rugit la Naine en tapant si fort du pied qu'elle s'enfonça dans le sol jusqu'à la taille. Alors des deux mains elle saisit son pied gauche puis, folle de rage, s'ouvrit le corps en deux.

La Maîtresse Chatte, ou la Chatte bottée

Il était une meunière qui ne laissa pour tous biens aux trois filles qu'elle avait que son moulin, son ânesse et sa chatte. Les partages furent bientôt faits. Ni la notaire, ni la procureure ne furent appelées : elles auraient eu tôt fait de manger tout le pauvre patrimoine. L'aînée eut le moulin, la seconde eut l'ânesse et la plus jeune ne reçut que la chatte. La pauvre jeune fille ne pouvait se consoler d'avoir un si pauvre lot.

« Mes sœurs, disait-elle, pourront gagner leur vie honnêtement en se mettant ensemble ; mais moi, lorsque j'aurai mangé ma chatte et que je me serai fait un manchon de sa peau, je n'aurai plus qu'à mourir de faim. »

La Chatte qui, l'air de rien, avait tout entendu, lui dit d'un ton serein et réfléchi :

« Ne vous affligez point, ma maîtresse. Vous n'avez qu'à me donner un sac et me faire faire une paire de bottes pour que je puisse gambader dans les broussailles, et vous verrez qu'avec moi, votre part n'est pas si mauvaise que vous le croyez. »

La maîtresse de la Chatte ne misait pas trop sur le discours de cette dernière. Cependant, elle lui avait vu faire tant de tours adroits pour attraper des rats et des souris, comme lorsqu'elle se pendait par les pieds ou qu'elle se cachait dans la farine pour faire la morte, qu'elle ne désespérait pas d'être secourue dans sa misère. Lorsque la Chatte eut ce qu'elle avait demandé, elle se botta bravement et, mettant son sac à son cou, elle en prit les cordons avec ses deux pattes de devant et s'en alla dans une garenne où il y avait grand nombre de lapins. Elle mit du son et des laiterons dans son sac, et s'étendant comme si elle était morte, elle attendit que quelque jeune lapine, peu instruite encore des ruses de ce monde, vînt se fourrer dans son sac pour manger ce qu'elle y avait mis.

À peine fut-elle couchée qu'elle eut ce qu'elle cherchait : une jeune étourdie de lapine entra dans son sac, et la Maîtresse Chatte, tirant aussitôt les cordons, la prit et la tua sans la moindre pitié. Fière de sa proie, elle l'emporta au palais et demanda à parler à Sa Majesté. On la fit donc monter à l'appartement de la Reine où, faisant une grande révérence, elle lui dit :

« Voilà, Madame, une lapine de garenne que ma noble dame la Marquise de Carabas (car c'était le nom qu'il lui plut de donner à sa maîtresse) m'a chargée de présenter de sa part à votre Majesté.

– Dis à ta maîtresse, répondit la Reine, que je la remercie, et qu'elle me fait grand plaisir. »

Une autre fois elle alla se cacher dans les blés, tenant toujours son sac ouvert ; et lorsqu'une paire de perdrix y fut entrée, elle tira les cordons et les prit toutes les deux. Elle alla ensuite les présenter à la Reine, comme elle l'avait fait avec la lapine de garenne. La Reine, de la même manière, reçut avec grand plaisir les deux perdrix et lui fit donner un peu d'argent et à boire.

La Chatte continua ainsi pendant deux ou trois mois à porter de temps en temps à Sa Majesté du gibier de la chasse de sa maîtresse. Vint un jour où elle apprit que la Reine devait aller prendre l'air au bord de la rivière avec son fils, le plus beau prince du monde. La Chatte s'adressa alors à sa maîtresse :

« Si vous suivez mon conseil, votre fortune est faite. Il vous suffira d'aller vous baigner dans la rivière à l'endroit que je vous montrerai et de me laisser faire ensuite. »

La Marquise de Carabas fit ce que sa Chatte lui conseillait, sans savoir à quoi tout cela rimait. Alors qu'elle se baignait, la Reine vint à passer et la Chatte se mit à crier de toutes ses forces :

« Au secours, au secours, voilà Madame la Marquise de Carabas qui se noie ! »

À ce cri, la Reine mit la tête à la portière de son carrosse et, reconnaissant la Chatte qui lui avait apporté tant de fois de l'excellent gibier, elle ordonna à ses gardes de courir immédiatement au secours de Madame la Marquise de Carabas. Pendant qu'on repêchait la pauvre Marquise, la Chatte s'approcha du carrosse et raconta à la Reine que des maraudeuses étaient venues pendant le bain de sa maîtresse et avaient emporté ses habits, bien qu'elle eût crié de toutes ses forces et à maintes reprises : « Aux voleuses ! Aux voleuses ! »

La rusée Chatte avait caché les habits sous une grosse pierre. La Reine ordonna aussitôt aux officières de sa garde-robe d'aller quérir une de ses plus belles tenues pour Madame la Marquise de Carabas.

La Reine lui fit mille caresses, et comme les beaux habits qu'on venait de lui donner relevaient à merveille sa bonne mine (car elle était fort belle, et bien faite de sa personne), le fils de la Reine s'en éprit en secret. À peine la Marquise de Carabas lui eut-elle jeté deux ou trois regards à la fois respectueux et un peu tendres, qu'il en devint amoureux à la folie. La Reine voulut qu'elle monte dans son carrosse et soit de la promenade. La Chatte, ravie de constater que son dessein commençait à réussir, prit les devants et, ayant rencontré des paysannes qui fauchaient un pré, elle leur dit :

« Bonnes gens qui fauchez, si vous ne dites pas à la Reine que le pré que vous fauchez appartient à Madame la Marquise de Carabas, vous serez toutes hachées menu comme chair à pâté. »

La Reine ne manqua pas de demander aux faucheuses à qui était ce pré.

« C'est à Madame la Marquise de Carabas », répondirent-elles en chœur, car la menace de la Chatte leur avait fait affreusement peur.

« Vous voyez, Majesté, dit la Marquise, c'est un pré qui ne manque jamais de rapporter une belle récolte chaque année. »

La Maîtresse Chatte, qui allait toujours devant, rencontra des moissonneuses, et leur dit : « Bonnes gens qui moissonnez, si vous ne dites pas à la Reine que tous ces blés appartiennent à Madame la Marquise de Carabas, vous serez toutes hachées menu comme chair à pâté. »

La Reine, qui passa un moment après, voulut savoir à qui appartenaient tous les blés qu'elle voyait.

« C'est à Madame la Marquise de Carabas », répondirent les moissonneuses, et la Reine s'en réjouit beaucoup, de même que la Marquise, qu'elle congratula à nouveau. La Maîtresse Chatte, qui allait devant le carrosse, disait toujours la même chose aux gens qu'elle rencontrait, et la Reine était ébahie par les vastes possessions de Madame la Marquise de Carabas.

La Maîtresse Chatte arriva enfin dans un beau château, qui appartenait à une ogresse, la plus riche qu'on eût jamais vue : car toutes les terres par où la Reine était passée dépendaient de ce château. La Chatte, qui avait pris soin de s'informer sur cette ogresse et sur ce qu'elle savait faire, demanda à lui parler, disant qu'elle n'avait pas voulu passer si près de son château sans avoir l'honneur de lui présenter ses hommages.

L'ogresse la reçut aussi civilement que le peut une ogresse et la fit asseoir.

« On m'a assuré, dit la Chatte, que vous aviez le don de vous changer en toutes sortes d'animaux de votre choix : que vous pouviez, par exemple, vous transformer en lion, en éléphant ou en tout autre chose.

– Cela est vrai, répondit l'ogresse d'un ton fort brusque, et pour vous convaincre, vous allez me voir changée en lion sur-le-champ. »

La Chatte fut si effrayée de voir un lion devant elle qu'elle gagna aussitôt les gouttières, non sans peine et sans péril, à cause de ses bottes qui ne valaient rien pour marcher sur les tuiles. Quelque temps après, ayant vu que l'ogresse avait repris sa forme naturelle, elle redescendit et avoua qu'elle avait eu bien peur.

« On m'a assuré encore, reprit la Chatte, mais je ne saurais le croire, que vous aviez aussi le pouvoir de prendre la forme des plus petits animaux, par exemple de vous changer en un rat ou une souris ; mais je vous avoue que je tiens cela pour tout à fait impossible.

– Impossible ? s'écria l'ogresse. Voyez donc ! »

Et elle se changea immédiatement en une souris, qui se mit à courir sur le plancher. La Chatte ne l'eut pas plus tôt aperçue qu'elle se jeta dessus et la mangea.

Cependant la Reine, découvrant en passant ce beau château qu'avait l'ogresse, voulut y entrer. La Chatte, entendant le bruit du carrosse de Sa Majesté qui franchissait le pont-levis, courut au-devant et dit à la Reine :

« Que votre Majesté soit la bienvenue dans ce château de Madame la Marquise de Carabas.

– Comment, Madame la Marquise, s'écria la Reine, ce château est encore à vous ! On ne saurait rêver plus beau que cette cour et tous ces bâtiments qui l'environnent ; et maintenant entrons, si vous le voulez bien. »

La Marquise donna la main au jeune Prince, et suivit la Reine qui marchait devant. Ils passèrent dans une grande salle où ils trouvèrent une magnifique collation, que l'ogresse avait fait préparer pour ses amis qui devaient venir la voir ce jour-là, mais n'avaient pas osé entrer sachant que la Reine y était. Sa Majesté était charmée des bonnes qualités de Madame la Marquise de Carabas – de même que son fils, qui en était tombé éperdument amoureux – et, voyant les vastes biens qu'elle possédait, lui dit, après avoir bu cinq ou six coupes :

« Il ne tiendra qu'à vous, Madame la Marquise, que vous ne soyez ma bru. »

Avec force révérences, la Marquise accepta l'honneur que lui faisait la Reine, et sans plus attendre, épousa le Prince le jour-même. La Chatte devint une grande Dame, et ne courut plus après les souris que pour se divertir.

Poucet

Il était une fois un homme qui désirait beaucoup avoir un petit, tout petit enfant, mais il ignorait où s'en procurer un. Un jour, il alla donc voir un vieux sorcier, et lui dit : « J'aimerais tellement avoir un petit, tout petit enfant… peux-tu me dire où m'en procurer un ?

– Eh bien ! Nous en avons justement un disponible ! répondit le sorcier. Prends ce grain d'orge : mais crois-moi, il n'est pas comme ceux que sèment les paysannes, ou qu'elles donnent à manger à leurs poules et leurs coqs. Plante-le dans un pot de fleurs, et tu verras.

– Oh, merci ! » répondit l'homme, puis il donna douze sous au sorcier, car c'était le tarif. Ensuite il rentra chez lui et planta le grain d'orge. Immédiatement, une grande et belle fleur sortit de terre : elle ressemblait à une tulipe, mais ses pétales étaient bien fermés, comme si elle était encore en bouton.

« Quelle fleur magnifique ! » s'exclama l'homme, et il déposa un baiser sur les pétales rouge et jaune ; à cet instant, la fleur s'ouvrit d'un seul coup. C'était une vraie tulipe, comme on en voit tous les jours : mais au milieu du calice, sur les pétales de velours vert, était assis un minuscule petit garçon, tout menu et mignon. Il faisait à peine un demi-pouce de haut : on l'appela donc Poucet. Il reçut pour berceau une élégante coque de noix vernie, avec les pétales bleus d'une violette en guise de matelas, et pour couverture une feuille de rose. Il y dormait la nuit, et jouait sur la table pendant le jour. L'homme y avait placé une écuelle entourée d'une couronne de fleurs dont les tiges plongeaient dans l'eau, au milieu de laquelle flottait un grand pétale de tulipe. Poucet s'asseyait sur le pétale et naviguait d'un bord à l'autre, à l'aide de deux crins blancs qui lui servaient de rames. Quel charmant spectacle ! Il chantait aussi, de la voix la plus douce et mélodieuse qu'on eût jamais entendue.

Une nuit, pendant qu'il dormait dans son mignon petit lit, un vieux crapaud se faufila dans la chambre par un carreau brisé. Il était fort laid, tout pataud et poisseux. Il bondit sur la table où dormait Poucet, sous sa couverture en feuille de rose rouge.

« Que voilà un charmant mari pour ma fille ! » la rabroua le crapaud, en s'emparant de la coque de noix qui contenait Poucet, avant de sauter par la fenêtre pour atterrir dans le jardin.

Il y avait là un large ruisseau, dont les rives étaient marécageuses et glissantes. C'était dans ce marais qu'habitait le crapaud, avec sa fille. Beurk ! Elle était affreusement laide et poisseuse, comme son père ! « Coââ, coââ, coââ ! », c'est tout ce qu'elle sut dire en apercevant le joli petit garçon dans sa coque de noix.

« Ne parle pas si fort, tu vas le réveiller, la rabroua le vieux crapaud. Il pourrait encore nous échapper, car il est aussi léger qu'une plume. Nous allons tout de suite le mettre sur une grande feuille de nénuphar, au milieu de l'eau. Cela lui fera comme une île : il est si petit, si léger ! Il ne pourra pas nous échapper pendant que nous préparons la chambre d'ami où il va devoir vivre, au fond du marais. »

Il poussait dans ce ruisseau de nombreux nénuphars, pourvus de larges feuilles vertes qui semblaient glisser à la surface de l'eau.

La feuille la plus éloignée était aussi la plus grande, et le vieux crapaud la rejoignit à la nage, avec Poucet dans sa coque de noix.

Le petit Poucet s'éveilla très tôt le lendemain, et en voyant où il était, il éclata en sanglots : car la grande feuille verte était cernée par les eaux et il ne pouvait regagner la terre ferme.

Le vieux crapaud était au fond du marécage, où il avait entrepris de décorer à l'aide de joncs et de feuilles de renoncules jaunes la chambre qu'il voulait somptueuse pour son nouveau gendre. Lui et son horrible fille nagèrent ensuite vers le nénuphar où se trouvait Poucet. Il avait l'intention de prendre le joli berceau pour le porter dans la chambre, avant d'y amener le petit garçon. Le vieux crapaud s'inclina devant Poucet et dit : « Voici ma fille. Tu vas l'épouser et vivre dans une somptueuse demeure tout au fond du marais.

– Coââ, coââ, coââ », c'est tout ce que sut dire sa fille. Alors ils s'emparèrent du mignon berceau et l'emportèrent à la nage. Cependant Poucet, resté seul sur la grande feuille verte, éclata en sanglots, car il n'avait pas envie de vivre avec le crapaud tout poisseux, ni d'épouser son horrible fille. Les petits poissons qui nageaient sous l'eau avaient vu distinctement le crapaud et entendu ce qu'il disait. Ils sortirent donc la tête pour regarder le petit garçon. Au premier coup d'œil, ils le trouvèrent si charmant qu'ils eurent pitié de lui, de devoir accompagner le vilain crapaud au fond du marais. Non, il fallait empêcher cela ! Ils se rassemblèrent autour de la tige verte portant la feuille sur laquelle se trouvait Poucet, et la cisaillèrent à coups de dents. Alors la feuille partit avec le courant, emportant Poucet au loin, hors d'atteinte des crapauds.

Poucet passa devant de nombreuses villes, et les petits oiseaux dans les buissons chantaient en le voyant : « Quel joli petit garçon ! » La feuille, flottant toujours plus loin, plus loin, l'emporta finalement loin de sa terre natale.

Une belle petite papillonne blanche passa en voletant au-dessus de lui, et finit par se poser sur la feuille. Poucet lui plaisait, et le garçon aussi était ravi, car il avait échappé aux affreux crapauds pour de bon, et la contrée qu'il était en train de traverser était vraiment magnifique. Le soleil miroitait sur l'eau et la faisait étinceler comme de l'argent. Poucet ôta alors sa ceinture et l'attacha par l'extrémité à la papillonne tout en fixant l'autre à la feuille, de sorte que celle-ci fila plus vite que jamais.

Une grande hannetonne vint à passer, et apercevant Poucet, elle entoura en moins de rien sa délicate taille de ses grosses pattes, et s'envola aussitôt avec lui jusqu'à un arbre. La feuille verte continua à descendre la rivière et la papillonne avec, car elle ne pouvait s'en détacher. Dieu sait quelle fut la frayeur du pauvre petit Poucet quand la hannetonne l'emporta dans les airs ! Mais il avait surtout peur pour la belle papillonne blanche, car il l'avait si bien attachée que, incapable de s'enfuir, elle risquait de mourir de faim. La hannetonne, elle, s'en moquait bien. Elle l'installa sur une grande feuille verte, lui offrit à manger le nectar des fleurs, et lui dit qu'il était fort joli, même s'il ne ressemblait pas du tout à un hanneton. Plus tard, tous les autres hannetons qui vivaient dans cet arbre vinrent le saluer. Ils examinèrent attentivement Poucet puis s'écrièrent : « Mais enfin, il n'a que deux jambes ! Quelle misère !

– Et pas d'antennes ! cria un autre.

– Comme il est laid », disaient tous les messieurs hannetons – et pourtant, Poucet était vraiment très charmant.

La hannetonne qui l'avait enlevé le savait fort bien, mais en entendant ces messieurs dire qu'il était affreux, elle finit par le croire aussi et ne voulut plus de lui. « Qu'il aille où bon lui semble », songea-t-elle. Alors elle s'envola de l'arbre avec lui et le posa sur une pâquerette. Poucet resta assis là à pleurer, car il était si laid que les hannetons ne voulaient pas de lui. Pourtant, il était l'être le plus ravissant qu'on puisse imaginer, si tendre et délicat, comme la plus exquise des feuilles de rose.

Le pauvre petit Poucet passa ainsi l'été seul, dans la grande forêt. Il tressa des brins d'herbe pour se faire un lit suspendu sous une feuille de trèfle, afin de se protéger de la pluie. Il se nourrissait du nectar des fleurs, et le matin, il buvait la rosée des feuilles. Ainsi passèrent l'été, puis l'automne, mais alors vint l'hiver, le long hiver glacial. Tous les oiseaux dont le chant mélodieux lui tenait compagnie s'étaient envolés. Les arbres perdirent leurs feuilles, les fleurs se fanèrent, et la grande feuille de trèfle sous laquelle il vivait se recroquevilla jusqu'à ce qu'il n'en reste plus qu'une tige desséchée. Il avait affreusement froid, car ses vêtements tombaient en lambeaux, et lui-même était si petit et si mince. Pauvre petit Poucet ! Il allait sûrement mourir de froid. Il commença à neiger, et chaque flocon lui faisait le même effet que lorsque nous recevons une pleine pelletée de neige dans la figure, nous qui sommes si grands comparés à lui, qui n'était pas plus haut que le pouce. Il s'enveloppa d'une feuille morte, mais elle avait un trou au milieu, et ne le réchauffait pas : il grelottait de froid.

À l'orée du bois, il y avait un grand champ de blé. Mais le blé avait disparu depuis longtemps : il ne restait que le chaume nu et desséché, qui hérissait la terre gelée. C'était pour lui comme une forêt à parcourir. Soudain, il arriva devant la demeure d'un mulot, qui avait son terrier sous un épi de blé. Le mulot y vivait douillettement, bien au chaud, avec un cellier regorgeant de grains, une superbe cuisine et une salle à manger. Le pauvre petit Poucet se présenta à la porte pour mendier un grain d'orge, car il n'avait rien mangé depuis deux jours.

« Pauvre petit ! dit le vieux mulot, qui avait bon cœur. Rentre vite te réchauffer et partager mon dîner. »

Comme Poucet lui plaisait, il ajouta : « Je veux bien te laisser passer l'hiver avec moi, à condition que tu tiennes ma chambre bien propre et que tu me racontes des histoires, car j'en suis très friand. »

Poucet fit tout ce que lui demandait le brave vieux mulot, avec beaucoup d'application.

« J'attends une visiteuse, dit un jour le mulot. Ma voisine vient me voir une fois par semaine. Elle est bien plus aisée que moi, elle a de grands salons et porte une magnifique pelisse de velours noir. Si seulement tu pouvais l'épouser, tu serais à l'abri. Mais sache qu'elle est aveugle. Il faut que tu lui racontes toutes les charmantes histoires que tu connais. »

Mais Poucet n'était guère intéressé, car ce n'était qu'une taupe. Elle vint leur rendre visite, dans son manteau de velours noir.

« Elle est si riche, si accomplie, dit le mulot à Poucet. Sa maison est vingt fois plus grande que la mienne. Son savoir est immense, mais elle supporte mal le soleil et les jolies fleurs, et elle en parle avec mépris, car elle ne les a jamais vues. »

Poucet dut chanter pour elle, alors il entonna : « Coccineau, damoiseau, bête à bon Dieu » et d'autres mélodies, d'une voix si charmante que la taupe tomba amoureuse de lui. Cependant cette dernière ne pipa mot, car c'était une femme prudente. Peu de temps auparavant, elle avait creusé une longue galerie entre sa maison et celle de son voisin. Elle permit au mulot et à Poucet de s'y promener aussi souvent qu'ils le souhaitaient. Mais elle les pria de ne pas s'effrayer d'un oiseau mort qui gisait dans le passage : c'était une véritable oiselle, dotée d'un bec et de plumes, qui devait être morte peu de temps auparavant et se retrouvait désormais ensevelie là où la taupe avait creusé sa galerie. Celle-ci saisit un morceau de bois pourri entre ses dents, car il était phosphorescent dans le noir, puis passa devant, les éclairant tout le long du sombre corridor. Quand ils arrivèrent à l'endroit où gisait l'oiselle morte, la taupe poussa contre le plafond avec son large museau, et perça un trou qui laissait passer la lumière du dehors. Au milieu du passage se trouvait le cadavre d'une hirondelle, ses jolies ailes serrées contre son corps, sa tête et ses pattes repliées sous ses plumes. La malheureuse était manifestement morte de froid. Poucet en était fort désolé, car il adorait tous les petits oiseaux : il avait tant goûté leurs chants et leurs gazouillis durant l'été. Mais la taupe la poussa de ses pattes arquées, et déclara :

« Voilà qu'elle ne chantera plus ! Quelle misère, d'être une petite oiselle ! Dieu merci, aucun de mes enfants ne subira ce sort : l'hiver, les oiseaux meurent toujours de faim.

– Oui, vous parlez comme une femme pleine de sagesse, déclara le mulot. Que reste-t-il à l'oiselle quand vient l'hiver, bien qu'elle sache chanter ? Elle est condamnée à mourir de faim et de froid, vous parlez d'une vie ! »

Poucet ne dit rien. Mais quand les deux autres furent passés, il se pencha sur l'oiselle, écarta les plumes de son front, et déposa un doux baiser sur ses paupières closes. « C'est peut-être elle qui chantait si joliment pour moi l'été dernier, songea-t-il. Comme elle m'a donné du plaisir, cette chère petite oiselle ! »

La taupe referma le trou qui laissait entrer la lumière, et raccompagna ces messieurs chez eux. Mais Poucet ne put trouver le sommeil ce soir-là. Alors il se leva et tressa une belle et grande couverture en paille, qu'il emporta et étendit sur l'oiseau mort. Il mit par-dessus du duvet de chardon aussi doux que du coton, qu'il avait trouvé dans la chambre du mulot, pour que la pauvre bête repose bien au chaud.

« Adieu, charmante hirondelle ! dit-il. Adieu, et merci pour tes jolis chants cet été, quand les arbres étaient verdoyants et que le soleil nous réchauffait tous ! » Alors il posa sa tête sur le cœur de l'oiselle. Elle n'était pas morte ! Le froid l'avait gelée, mais maintenant que Poucet l'avait réchauffée, elle revenait à la vie.

À l'automne, les hirondelles s'envolent vers des pays lointains. Mais certaines s'attardent trop, et alors elles ont si froid qu'elles finissent par tomber, comme mortes, et la neige les recouvre.

Poucet trembla, il avait tellement peur : car l'oiselle était immense pour un être comme lui – qui n'était pas plus haut que le pouce.

Cependant il se donna du courage, serra bien le duvet autour de la pauvre hirondelle, alla chercher sa propre couverture et la posa sur la tête de l'oiselle.

Le lendemain soir, il se faufila à nouveau auprès d'elle et la trouva en vie, mais très affaiblie : elle parvint seulement à ouvrir les yeux un bref instant et à regarder Poucet, qui se tenait devant elle, un morceau de bois pourri à la main pour toute lanterne.

« Merci, mon bel enfant ! lui dit l'hirondelle. Tu m'as si bien réchauffée ! Bientôt je retrouverai mes forces, et je pourrai m'envoler à nouveau sous les doux rayons du soleil.

– Hélas ! répondit Poucet, il fait très froid dehors, il neige et il gèle ! Reste dans ton lit douillet. Je veillerai sur toi ! »

Ensuite il lui apporta de l'eau dans un pétale, qu'elle but avant de lui raconter comment elle s'était abîmé l'aile dans des ronces, si bien qu'elle ne pouvait plus suivre les autres hirondelles, qui s'étaient bien vite envolées vers des contrées plus chaudes. Elle avait fini par tomber d'épuisement, et ensuite elle ne se souvenait plus de rien. Elle resta sous terre tout l'hiver, et Poucet s'occupa d'elle et la soigna tendrement. Ni la taupe ni le mulot n'en surent jamais rien, car ils n'avaient guère d'estime pour la pauvre hirondelle.

Quand vint le printemps, et que le soleil réchauffa à nouveau la terre, l'hirondelle fit ses adieux à Poucet, qui rouvrit pour elle le trou que la taupe avait percé dans le plafond. Le soleil l'inonda de lumière, et l'hirondelle lui demanda s'il voulait venir avec elle : il pouvait s'installer sur son dos. Poucet avait très envie de s'envoler vers la verte forêt, mais il savait que le vieux mulot aurait du chagrin s'il s'en allait. « Non, je ne puis venir, répondit-il.

– Dans ce cas, adieu, mon doux petit garçon ! » dit l'hirondelle, et elle s'envola dans les rayons du soleil. Poucet la suivit du regard, les yeux brillants de larmes, car il aimait beaucoup l'oiselle.

« Cui, cui ! » chanta-t-elle, avant de s'envoler vers les bois verdoyants. Poucet était très malheureux. Il n'avait pas le droit de sortir profiter de la tiédeur du soleil. Le blé planté dans le champ qui surplombait le logis du mulot avait poussé bien haut, formant une forêt touffue pour le petit garçon, qui n'était pas plus haut que le pouce.

« À présent te voilà fiancé, Poucet, annonça le mulot, car notre voisine a demandé ta main ! Quelle bonne fortune pour un pauvre enfant comme toi ! Maintenant il faut que tu te mettes à l'ouvrage pour coudre ton trousseau, car il ne doit rien te manquer pour devenir l'époux de notre voisine la taupe ! »

Poucet dut filer toute la journée, et chaque soir la taupe lui rendait visite, et lui disait qu'après l'été, le soleil perdrait de sa chaleur, lui qui brûlait en ce moment la terre et la rendait dure comme pierre. Oui, quand l'été serait passé, ils organiseraient la noce.

Mais Poucet ne s'en réjouissait point, car il n'aimait pas la taupe stupide. Tous les matins au lever du soleil, tous les soirs quand il se couchait, le garçonnet sortait discrètement de la maison, et quand la brise écartait les épis de blé et lui permettait d'entrevoir le ciel bleu, il songeait qu'il devait faire si beau dehors, et il se languissait de voir sa chère hirondelle. Mais elle ne revenait pas : elle s'était sans doute envolée bien loin dans la vaste forêt verdoyante.

L'automne arriva, et Poucet avait achevé son trousseau.

« Dans quatre semaines, tu seras marié ! se réjouit le mulot. Ne t'entête pas, ou je te mordrai avec mes dents blanches et pointues. Tu auras une excellente épouse ! La Reine elle-même ne possède pas une telle pelisse de velours. Le cellier de la taupe est plus garni qu'il ne le faut, tu devrais t'estimer heureux. »

Ainsi, le jour de la noce arriva. La taupe était venue chercher Poucet pour qu'il vienne vivre avec elle tout au fond de la terre et ne voie plus jamais la lumière du soleil, qu'elle avait en horreur. Le pauvre petit garçon était bien triste de devoir dire au revoir à l'astre magnifique.

« Adieu, beau soleil ! » s'écria-t-il, en tendant les bras vers lui, et en faisant un pas devant la maison – car à présent le blé avait été moissonné, et il ne restait que le chaume desséché. « Adieu, adieu ! dit-il, et il serra dans ses bras une petite fleur rouge qui poussait là. Salue de ma part cette chère hirondelle, quand tu la verras !

– Cui ! Cui ! » entendit-il soudain. Il leva les yeux. C'était l'hirondelle qui passait au-dessus de lui ! Dès qu'elle aperçut Poucet, elle manifesta sa joie. Il lui raconta qu'on voulait lui faire épouser l'affreuse taupe contre son gré, qu'il allait devoir vivre sous terre, là où le soleil ne brillait jamais, et il éclata en sanglots.

« L'hiver glacial arrive, dit l'hirondelle. Je dois m'envoler vers des contrées plus chaudes : viendras-tu avec moi ? Tu peux t'asseoir sur mon dos, et nous nous envolerons loin de l'affreuse taupe et de sa sombre demeure, par-delà les montagnes, vers les pays chauds où le soleil brille plus haut qu'ici, où l'été dure toujours et où les jolies fleurs jamais ne se fanent. Viens avec moi, cher petit Poucet, qui m'a sauvé la vie quand je gisais, gelée, dans ce tunnel obscur !

– Bien volontiers », répondit Poucet, et il grimpa sur le dos de l'hirondelle, en posant les pieds sur l'une de ses ailes déployées.

Elle s'envola dans les airs, par-delà les bois et les océans, par-delà les hautes montagnes aux neiges éternelles. Et quand il avait froid, il se glissait sous ses plumes chaudes, ne laissant passer que sa petite tête pour admirer toutes les beautés du monde en dessous d'eux. Enfin, ils parvinrent dans les pays chauds : là, le soleil brillait plus haut, le ciel semblait deux fois plus vaste, et les vignes croulaient sous les plus exquis des raisins verts et violets. Dans les forêts poussaient des orangers et des citronniers, l'air embaumait le myrte et la menthe, et de charmants petits enfants jouaient gaiement sur les routes, courant après de splendides et gigantesques papillons. Mais l'hirondelle continua sa route, et le paysage était toujours plus beau. Sous de superbes arbres verdoyants, au bord d'un lac azuré, se trouvait un château en marbre blanc étincelant. Les hautes colonnades débordaient de plantes grimpantes abritant de nombreux nids d'hirondelles ; et l'un de ces nids était la demeure de l'hirondelle qui transportait Poucet.

« Voici ma maison ! dit-elle. Mais vivre avec moi ne te conviendra pas. Le ménage n'est pas mon fort ! Trouve-toi une maison parmi les merveilleuses fleurs qui poussent par ici… Je vais te déposer, et tu pourras faire ce qu'il te plaira.

– Quel bonheur ! » répondit Poucet, en battant de ses petites mains.

Il y avait une grande colonne de marbre blanc, qui s'était renversée et brisée en trois morceaux, entre lesquels poussaient de magnifiques fleurs blanches. L'hirondelle déposa Poucet sur l'une de leurs larges feuilles. Mais là, à sa grande surprise, il découvrit une minuscule petite femme, assise au milieu de la fleur, aussi blanche et transparente que si elle était faite de verre. Elle portait une adorable couronne d'or, et avait dans le dos de merveilleuses petites ailes. Elle-même n'était pas plus grande que Poucet. C'était l'esprit de la fleur. Dans chaque fleur vivait une petite femme, ou un petit homme : cependant celle-ci était la Reine de tous les autres.

« Comme elle est belle ! » chuchota Poucet à l'hirondelle. La petite Princesse était terrifiée par l'hirondelle, car pour un être aussi minuscule qu'elle, l'oiselle était une véritable géante. Mais en découvrant Poucet, elle fut enchantée, car c'était le plus joli garçon qu'elle eut jamais vu. Alors elle ôta sa couronne d'or et la posa sur la tête de Poucet, en lui demandant comment il s'appelait, et s'il voulait bien devenir son mari et régner sur toutes les fleurs. Ah ! Quelle épouse, comparée à la fille du crapaud, ou à la taupe avec sa pelisse de velours noir ! Alors il dit « oui » à la noble Princesse. Et de chaque fleur jaillirent un gentilhomme et une dame, tous si minuscules et si charmants que c'était un véritable plaisir pour les yeux. Chacun apporta à Poucet un cadeau, mais le plus beau de tous était une magnifique paire d'ailes, qu'on lui attacha dans le dos : il pouvait désormais voler d'une fleur à l'autre. Tous lui présentèrent leurs vœux de bonheur, et l'hirondelle perchée dans son nid au-dessus de leurs têtes chanta la marche nuptiale, en y mettant tout son cœur. Elle était triste, cependant, car elle aimait beaucoup Poucet et ne voulait pas être séparée de lui.

« Tu ne t'appelleras plus Poucet ! lui dit l'esprit de la fleur, ce nom est vilain, et tu es bien trop charmant. Nous t'appellerons Florimond. »

« Adieu, adieu ! » dit la petite hirondelle, le cœur lourd, avant de s'envoler vers des contrées lointaines, jusqu'au Danemark. Là-bas, elle avait un petit nid au-dessus d'une fenêtre, où vivait son mari, qui savait raconter les contes de fées. « Cui, cui ! » lui chanta-t-elle. Et c'est ainsi que cette histoire nous est parvenue.

Le mot des auteurs

Chère lectrice, cher lecteur,

Merci d'avoir pris le temps de lire ce recueil de contes. En guise de conclusion, nous aimerions revenir sur la genèse du livre.

Jonathan Plackett : Quand j'étais petit garçon, mon père nous lisait à ma sœur et moi une histoire avant d'aller au lit. Sans que nous le sachions, il inversait le genre des personnages. Cela rendait les histoires nettement plus intéressantes à lire pour mon père, et nous donnait en outre accès à des personnages passionnants et originaux qui ne correspondaient pas aux vieux stéréotypes genrés.

Trente années se sont écoulées, je travaille aujourd'hui dans les technologies créatives et suis marié à l'autrice de bandes dessinées et artiste Karrie Fransman. Nous souhaitons que notre fille grandisse dans un monde où les petites filles peuvent être puissantes et les petits garçons exprimer leur vulnérabilité sans se mettre en colère.

Je me suis demandé s'il était possible de créer un algorithme informatique qui intervertirait les marqueurs de genre dans n'importe quel texte, en remplaçant par exemple « il » par « elle », « Mme » par « M. », « filles »

par « fils ». Après m'être escrimé sur les bizarreries surprenantes de l'anglais, je suis parvenu à mettre au point un programme informatique simple d'utilisation et capable d'inverser les genres, quel que soit le texte que vous lui soumettez.

Karrie Fransman : J'étais fascinée quand Jonathan m'a montré l'algorithme et nous nous sommes demandé comment nous pourrions l'utiliser dans la vraie vie. J'ai proposé que nous l'appliquions aux contes de fées. Nous aimions beaucoup l'idée de mêler textes classiques et technologie moderne afin de mettre ces histoires au goût du jour. En tant qu'autrice de bandes dessinées, j'étais également impatiente de voir comment l'algorithme allait transformer certains des contes les plus célèbres au monde et je me suis plu à imaginer ces nouvelles histoires accompagnées de leurs illustrations.

Nous avons choisi d'utiliser les recueils de contes de Andrew Lang, publiés en Angleterre entre 1889 et 1913 et tombés dans le domaine public. Le hasard faisant bien les choses, ces ouvrages ont été édités par un autre couple. C'est le nom de Andrew Lang, présent sur toutes les couvertures, qui est passé à la postérité. Mais la chercheuse Andrea Day soutient (dans l'article « "Almost wholly the work of Mrs Lang" : Nora Lang, Literary Labour, and the Fairy Books », paru dans *Women's Writing* en 2017) que c'est en réalité son épouse, Leonora Blanche « Nora » Lang, qui a fait le plus gros du travail, surtout sur les derniers volumes de la collection. Étant donné la nature de notre projet, nous y avons vu une heureuse coïncidence !

Les contes de fées se prêtent à merveille à cet exercice. Ils figurent parmi les premières histoires que nous entendons enfants et sont la pierre angulaire de tous les récits. Ils nous permettent de vivre des aventures fantastiques, de nous projeter dans un rôle, de terrasser des monstres. Plus important encore, ils nous apprennent la différence entre le « bien » et le « mal » ainsi que les codes moraux qui régissent notre société : que les garçons doivent escalader courageusement un haricot géant pour revendiquer ce qui leur est dû, ou qu'il est préférable que les petites filles n'adressent pas la parole à des inconnus dans les bois. Par ailleurs, ces contes élargissent le champ du possible grâce à la poussière de fée. S'il est permis d'imaginer un monde où les harpes chantent et les rats se transforment en cochers, ne pouvons-nous pas (avec un coup de pouce de notre algorithme) imaginer un monde où les rois veulent avoir des enfants et où les vieilles femmes ne sont pas des sorcières ?

C'est ainsi que ce recueil de contes a vu le jour. Il convient d'ouvrir une parenthèse pour parler du mot « genre » et préciser ce qui est « permuté ». Loin de nous l'idée de suggérer qu'il y aurait seulement deux genres à inverser. Plus précisément, nous considérons que le terme *sexe* renvoie à une donnée biologique et celui de *genre* à une construction sociale. La plupart des cultures distinguent d'une part le « féminin » et de l'autre le « masculin », ainsi que les rôles sociaux, les normes et les comportements propres au premier et au second. Néanmoins, de plus en plus de gens se sentent à l'aise dans l'espace qui sépare ces deux idées dichotomiques de « féminité » et de « masculinité ». Certains et certaines s'identifient comme non-binaires, queer, transgenres, *gender fluid*, agenre, ou autre. Mais la division

entre « féminin » et « masculin » demeure centrale aussi bien dans le langage que dans la plupart des esprits. En inversant les deux constructions dominantes du genre, nous cherchions à faire vaciller cette vision binaire et amener nos lecteurs et lectrices à interroger leurs certitudes concernant le genre dans la société.

Faire traduire ce livre dans une autre langue a été un processus fascinant. Nous avons eu la chance de travailler avec deux traductrices fantastiques, Marguerite Capelle et Hélène Cohen, pour la version française.

Marguerite Capelle et Hélène Cohen : La traduction de ce recueil de contes de fées nous a posé deux défis. Le premier était de respecter l'algorithme de Jonathan Plackett alors que nous étions soumises aux contraintes de la langue française, plus genrée et bien moins souple que l'anglais ! Le second défi était de situer notre traduction à la croisée des contes anglais tels qu'ils ont été traduits par les Lang et des contes originaux de Charles Perrault (« Cendrillon » ; « La Belle au Bois Dormant » ; « Le Chat botté » ; « Le Petit Chaperon rouge ») et de Gabrielle-Suzanne de Villeneuve (« La Belle et la Bête »), très prégnants dans la culture et l'imaginaire français.

En ce qui concerne le premier point, il nous est rapidement apparu que nous ne pouvions déroger à la grammaire française, par souci de lisibilité et de clarté de la langue. Pour compenser cette rigidité par rapport à l'anglais, nous nous sommes amusées à pousser la logique de l'algorithme, en féminisant notamment les noms de fonctions et de métiers qu'on associe traditionnellement à des hommes, là où l'anglais est neutre. Ou encore en forgeant de nouveaux mots (par exemple *reinaume*) ou en changeant le genre d'un personnage, à l'encontre des règles de grammaire et des représentations (« une fée » devient ainsi « un fée »). Ces petites inventions nous ont permis de respecter l'atmosphère de l'univers créé par Karrie Fransman et Jonathan Plackett.

Pour le second point, nous avons traduit ces contes « revisités » dans la continuité des contes français originaux. Nous avons pris le parti de conserver la langue noble et précieuse des contes du XVIIe siècle, sans pour autant nous interdire d'y insuffler quelques délicieuses touches *british*. Nous espérons que ces contes traditionnels parés de leurs nouveaux atours plairont aux lectrices et lecteurs de tous âges et bousculeront leur perception !

Jonathan : Une de mes motivations premières en créant cet algorithme était de porter un autre regard sur le monde. Si certains changements étaient prévisibles, d'autres ont révélé des subtilités qui m'avaient jusqu'alors échappé : par exemple, dans ce recueil, les femmes viennent systématiquement en premier, comme dans « les sœurs et les frères » ou dans le titre *Gretel et Hansel*. Mieux encore, l'algorithme donne la possibilité aux femmes d'endosser des rôles remarquables et variés, et autorise les hommes à être à fleur de peau, à avoir besoin qu'on les protège ou à se voir récompensés pour leur gentillesse.

Hormis la transmutation des genres, nous n'avons pas touché aux textes des Lang. Autrement dit, nous n'avons pas influencé le cours des récits avec nos présupposés ou nos croyances relatives à la manière dont les personnages doivent se comporter. Les contes de fées ont été adaptés à l'infini, mais personne n'avait encore eu l'idée d'inverser simplement les genres. C'est de notre point de vue bien plus intéressant, car les lecteurs et les lectrices sont libres d'analyser comme ils veulent ces nouvelles histoires.

Karrie : Une fois le texte passé à la moulinette de l'algorithme, je me suis attelée aux illustrations. Au début, j'étais un peu intimidée par ces contes archiconnus illustrés de toutes les façons possibles et imaginables. Mais j'étais certaine que notre algorithme me permettrait de les envisager avec un regard neuf. J'ai commencé par faire des recherches sur les peintures classiques et les illustrations de contes. Bientôt, plusieurs motifs se sont détachés – les attitudes passives et les gorges exposées des princesses ; les vêtements qui moulent certaines parties du corps, et semblent néanmoins toujours prêts à leur glisser des épaules. J'ai recopié ces dessins en inversant les rôles pour voir l'effet que cela produirait. Ensuite, j'ai dessiné mes propres versions, en veillant à l'équilibre des forces dans chaque composition. J'ai utilisé des aquarelles et des encres pour les peindre – mes mains sont restées barbouillées de couleurs plusieurs mois, jusqu'à ce que nous finissions enfin le livre.

Celui-ci semble déjà produire son effet sur notre petite famille. Un jour, j'ai montré à notre fille de deux ans la peinture illustrant *Le Petit Chaperon rouge*, sur laquelle j'avais travaillé dans mon atelier quelques heures plus tôt. C'est une énorme louve à l'air féroce qui domine de toute sa hauteur un petit garçon vêtu de rouge. Intriguée, notre fille l'a contemplée attentivement. Plus tard, dans la soirée, alors que nous regardions un documentaire de David Attenborough, je lui ai demandé quel animal elle aimerait être. Elle a répondu sans sourciller : « Une grande méchante louve ! »

Nous espérons que ce livre vous invitera à réfléchir et vous montrera le monde sous un jour nouveau.

Nous aimerions beaucoup connaître votre avis et vos remarques, alors restons en contact via genderswappedstories.com ou sur les réseaux sociaux – @KarrieFransman et @JonPlackett.

Sincèrement vôtres,
Karrie Fransman & Jonathan Plackett

Remerciements

Un immense merci à toutes nos bonnes fées, hommes et femmes, qui d'un coup de baguette magique ont donné vie à ce livre. À Andrew et Leonora Blanche Lang, autre duo conjugal de choc, à qui l'on doit *The Blue Fairy Book* (1889), *The Red Fairy Book* (1890) et *The Yellow Fairy Book* (1894) dont nous avons repris certains textes tombés dans le domaine public. Les Lang ont édité et traduit des contes de fées, notamment ceux collectés et écrits par Charles Perrault (*Le Petit Chaperon rouge*, *Cendrillon*, *La Belle au bois dormant*, *Le Chat botté*), Gabrielle-Suzanne de Villeneuve (*La Belle et la Bête*), Jacob Ludwig Karl Grimm et Wilhelm Carl Grimm (*Hansel et Gretel*, *Le Nain Tracassin*, *Blanche-Neige*, *Raiponce*) et Hans Christian Andersen (*Poucette*).

À notre agente Sophie Lambert, pour son soutien, sa diplomatie et sa magie à bord d'un train bondé à destination d'Édimbourg. À notre éditrice Louisa Joyner, pour sa passion, son énergie et ses idées, dont ce livre a bénéficié dans ses moindres aspects (notamment le sexe des poulets). À Donna Payne, pour son regard plein d'intelligence, ses retours avisés et ses recommandations cinématographiques à contre-courant. À l'équipe de Faber & Faber, pour leur travail colossal, en particulier Jack Murphy, Libby Marshall, Claire Cross, Kate Ward et Altaimage. Et au reste de l'équipe Faber : Leah Thaxton, Sarah

Lough, Sophie Portas, Bethany Carter, Hannah Styles, Lizzie Bishop, Hattie Cooke, Emma Cheshire, Rachel Darling et Catherine Daly. À Katie Greenstreet, Louise Emslie-Smith et Meredith Ford de la C+W Agency, pour leur aide et leur patience mise à rude épreuve par nos innombrables mails assommants. À Sarah Burton et Bryony Hall de la Society of Authors, pour leurs conseils. À la British Library, qui nous a permis de consulter les magnifiques éditions originales.

Un merci tout aussi chaleureux à Alexa von Hirschberg, qui a approvisionné Karrie en café et lui a donné le courage de sauter le pas. À Jonny Fransman, pour son œil de lynx et son cœur de loup. À notre famille, pour son soutien indéfectible, et à Oncle Sam Ludwin qui nous manque terriblement. À nos petits anges, qui, espérons-nous, liront ce livre, bien au chaud dans leurs lits – Isla, Rafi, Evie, Caspar, Thomas, James, Max et Orla. À Den Pen, encore et toujours, pour son enthousiasme contagieux. À Mike Medaglia et Miriam Robinson, pour leurs conseils de la première heure. Au gang d'Ibiza – Hannah Berry, Simone Lia et Nicola Streeten, qui ont rendu ce travail un peu moins solitaire, et cette fameuse bague en forme de chauve-souris un peu plus dure à remporter. À nos parents, pour toutes les histoires qu'ils nous ont racontées le soir, des récits qui nous ont donné accès à un autre monde. Enfin et surtout, merci à notre fille, Lyra, nous espérons qu'elle continuera de se sentir libre d'être une dragonne, une reine ou une méchante louve si le cœur lui en dit.

Cet ouvrage a été composé
par Nord Compo à Villeneuve-d'Ascq (Nord)
et achevé d'imprimer en octobre 2021
par Gráficas Estella
pour le compte des Éditions Stock
21, rue du Montparnasse, 75006 Paris

Imprimé en Espagne

Dépôt légal : novembre 2021
N° d'édition : 01
68-05-0677-6